Edition **BOD**

Frank Grutza, Jahrgang 1972, ist in Berlin geboren, aber in Norddeutschland aufgewachsen. Er hat in Trier und Berlin Germanistik und Geschichte studiert und als Deutschlehrer gearbeitet. Seit er vor fünfundzwanzig Jahren erstmals den Raben in dem berühmten Stück »Die Prinzessin und der Rabe« gab, steht der ambitionierte Schauspieler ununterbrochen auf der Bühne. Sein literarischer Durchbruch gelang ihm jedoch erst vor zwei Jahren mit einer Staatsexamensarbeit über seinen Schwipponkel Ernst Jünger.

In der Großstadt Berlin, der »großen Hure«, wie Grutzas langjähriger Freund Salman Rushdie sie einmal nannte, in der, nahezu unbeaufsichtigt von der Obrigkeit, das Lesebühnengewerbe die schillerndsten Auswüchse feiert, verlor auch der gerade erst angetaute Norddeutsche zunehmend alle Hemmungen.

Auftritte in der Nähe von vielen großen Stars der Kleinkunst waren die Folge. Zusammen mit Paul Schepansky, Sybille und dem kleinen Wahnsinnigen gründete er die hochambitionierte Kabarett-Show »Schling nich so!«. Frank Grutza lebt, liest und arbeitet in Berlin, hat manchmal Kinder und keinen Fernseher.

Die vorliegende Textsammlung beinhaltet Kurzgeschichten, die vielfach von ihrem Autor vorgelesen worden sind. Ursprünglich hat er sie allein zu diesem Zweck geschrieben. Sie als Text zum (stillen) Lesen herzugeben, schien ihm lange Zeit unmöglich. In einem sehr langen Abnabelungsprozess wurde ihnen der Kopf gewaschen und sie bekamen Manieren beigebracht. Schließlich erhielten sie ein hübsches, schlichtes Kleidchen und einen Klaps auf den Hintern.

»Man lässt die eigenen Kinder nicht gerne aus dem Haus: Sie werden wehrlos sein da draußen und ich werde nichts mehr für sie tun können. Ich hoffe sehr, dass ihnen nichts Böses widerfährt, dass sie sich an alles erinnern, was ich ihnen beigebracht habe, und dass sie sich ab und zu mal bei mir melden«, erklärte der Autor unlängst in einem Spiegel-Interview.

Frank Grutza

Ach, Nora ...

Erzählungen

Edition BoD

Bücher für Entdecker

Die Books on Demand GmbH bietet Autoren durch die Zusammenführung von neuer Drucktechnologie und klassischen Vertriebswegen eine moderne Verlagsplattform zur Veröffentlichung ihrer Werke. Viele Debütanten, etablierte Autoren und engagierte Verleger nutzen den Publikationsservice von Books on Demand und bereichern den Buchmarkt mit vielfältigen und individuellen Titeln. Mit der „Edition BoD" hat BoD eine Reihe ins Leben gerufen, in der herausragende Neuerscheinungen einen besonderen Platz finden. Monatlich wird in der Reihe ein „Buch des Monats" präsentiert. Lesen Sie selbst, welche Entdeckungen das Programm von Books on Demand möglich macht.

Mehr Infos auch auf www.bod.de.

Bibliografische Information der Deutschen Bibliothek:
Die Deutsche Bibliothek verzeichnet diese Publikation in der Deutschen Nationalbibliografie; detaillierte Daten sind im Internet über <http://dnb.ddb.de> abrufbar.

© 2004 Frank Grutza
Covergestaltung: Sybille Hein, Berlin
Herstellung und Verlag: Books on Demand GmbH, Norderstedt
Printed in Germany

ISBN 3-8334-1180-5

Inhalt

Wie das damals war – 7

Milch – 13

Ötztal – 23

Miriam – 31

Unser Freund, der Auftragskiller – 39

Adornos Elf – 45

Im Stadtbad – 51

Kreuzberger Reigen – 59

König der Löwen – 65

Die Weisheit der Nebelkrähen – 73

Human Total – 85

Tropische Verhältnisse – 91

Das Familienfest – 99

Vor dem Richter – 105

Wie das damals war

Wie die meisten meiner Leser vermutlich wissen, bin ich im Norden Deutschlands, in einem kleinen Dorf am Elbdeich auf-gewachsen. In der Nähe von Hamburg. Wer die Hamburger kennt, der wird sich sicherlich wundern, dass aus mir dann doch noch so ein freundlicher und lebensfroher Mensch ge-worden ist, eloquent, gastfreundlich und unvoreingenommen. Erklären lässt sich das eigentlich nicht. Ich habe inzwischen auch längst mit dieser Phase abgeschlossen, bin dem Eissturm hanseatischer Gutherzigkeit entronnen, habe mir einen west-fälischen Unterton zugelegt und hau, nebenbei gesagt, jedem auf die Fresse, der glaubt, bei mir noch irgendetwas Nord-deutsches raushören zu müssen. Sobald ich volljährig war, habe ich den Hof meiner Eltern verlassen, habe in Nordrhein-Westfalen Sozialpädagogik und in Rheinland-Pfalz Weinbau studiert, dann habe ich jahrelang in Hessen im Innern eines Karnevalsumzugswagens gehaust, was mich hart gemacht hat und alkoholabhängig.

Aber ich hatte eine schöne und glückliche und vor allem eine sehr romantische Kindheit.

Ach, wenn ich mich an das Land meiner Jugend erinnere, an das Alte Land, in dem die Obstbaumplantagen sich bis zum Horizont hinstrecken, wo unentwegt kalt durchwehter Niesel-regen den satten dunklen Boden feucht hält, wo die Leute nicht viel reden und nicht viel wissen, wo meine Eltern ihren Obst-hof hatten. Äpfel und Kirschen ...

In der Schule, in die ich gegangen bin, in das letzte Ham-burger Jungengymnasium, da hatte ich drei wirklich gute

Kameraden: Rainer Torköter, Jan-Uwe Tippe und Piet Fröhlich – im Folgenden nur Torköter, Tippe und Piedn genannt.

Eines Abends saßen wir, Torköter, Tippe, Piedn und ich, im Sonnenuntergang auf der Bank vor dem Schuppen, in dem Opa Ude mal gewohnt hat. Schon als kleine Jungs haben wir abends dort vor Opa Udes Schuppentür gesessen, mitten im Sonnenuntergang drin. Weil Opa Ude schon eine Weile tot war, blieb die Schuppentür dauerhaft verschlossen, aber wenn man einen Blick durch das kleine, milchige Seitenfenster wagte, konnte man ihn noch sehen, wie er in Regenmantel und Gummistiefeln am Abendbrottisch saß und Radio hörte.

Das Dorf, in dem wir wohnten, hieß Himmelpforten und lag an einem bedeutenden Verkehrsknotenpunkt auf halbem Weg zwischen Achternbrack und Buxtehude. So manches Mal hatten wir darüber nachgedacht und waren dann häufig auch drauf gekommen, dass wir schon ganz schönes Glück damit hatten, in Himmelpforten zu wohnen und nicht in Achternbrack. Ja, so war das damals.

Und dann, eines Abends, entspann sich das folgende Gespräch zwischen uns:

»Säch mohl, Piedn.«

»Jau, was'enn?«

»Säch mohl, hässu eugenlich dihn Boht noch?«

»Watt'n fürn Boht?«

»Na dihn Boht, hinnen, in Hofen.«

»Jau, häpp ick noch.«

»Na dann is ja ma guht.«

»Wir könn ja mal rübä fohrn?«

»Rübä?«

»Jau, to Hamburch!«

»Was solln wir dah denn?«

»Auch wieder wahr.«

Einige nachdenkliche Stunden später erhebt Piedn sich schwerfällig von Opa Udes Bank, latscht in den viel zu großen Gummistiefeln seiner Mutter einige matschig matte Schritte in den Sonnenuntergang hinein, bleibt stehen, schiebt seine Hände in die Taschen, fummelt sich da ein bisschen was zurecht, und geht dann wiegend weiter.

»Na denn ma lohs«, sagt er in den verschnupft romantischen Keuchhusten der schlummernden Dorfkatzen hinein und wir stehen auf und folgen ihm einige Schritte, bleiben stehen (stecken die Hände in die Hosentaschen) und gehen weiter hinter Piedn her, Torköter, Tippe und ich. Langsam, schlappend, in den viel zu großen Gummistiefeln unserer Mütter, latschen wir den vom Sonnenuntergang boskopbackenrot gefärbten Elbdeich hinunter, ein zweihundert Schafe zählendes Deichgrasnarbenpflegekommando blökt leise singend ein Shanty vor sich hin, leichter Nieselregen setzt ein oder stärkerer Nieselregen setzt aus – weiß man hier immer nicht so genau.

Und wie wir in ahnungsloser Tranigkeit die Treppe zu der Mulde runterhumpeln, die die Einheimischen voller Stolz »Yachthafen« nennen, begegne ich dem friesisch fiesen Schafsblick eines grinsend grasenden Viehstücks, das kauend und zwinkernd zu wissen scheint, welch Schicksal bald die wackeren Freunde vereint. Am wassersatten Fuß des Deichs schrubben Wühlmäuse und Maulwürfe sich gegenseitig den Pelz oder bereiten emsig buddelnd das deichig doofe Menschenwerk auf die nächste Springflut vor, während vorne, am Kai des Hafens, der Schafshirt und der Maulwurfsfänger ins diesige Abendrot dösen und von Weiberschwärmen schwärmen, die sie nie gekannt und nie gehabt, doch tröstend zu erlösen vermag allabendlich ein Traum von diesen.

Dann sehen wir das Boot. Es heißt »Michaela« und liegt drei Handbreit unter Wasser. Eine lustige Languste hat sich ihr Zuhause darin eingerichtet und an eine Krabbenfamilie untervermietet. Das tut uns Leid, aber wir können die verkrusteten Herrschaften an die ebenfalls abgesoffene Jolle der Achternbracker Fischereiaufsicht verweisen, die zwar Marlene heißt, dafür aber über eine bequeme Kabine verfügt. Es dauert zwei

Stunden, bis wir Piet Fröhlichs Schaluppe wieder an die Oberfläche des vom Abendrot violett gefärbten Flusses bringen. Bis zur Hüfte stehen wir im Wasser, immer drei von uns stemmen den Kahn empor, während einer drinnen steht und mit einer schönen Emailletasse vom Buxtehuder Weihnachtsmarkt das Wasser abschöpft. Zweihundert Schafe, vier Maulwürfe, sechs Dutzend Wühlmäuse, die Freiwillige Feuerwehr von Gründeich, ein Schafshirt, ein Maulwurfsfänger und alle Passagiere der Fähre nach England, die mal kurz fürs Zugucken gestoppt hat, schauen uns dabei zu.

Als der Tag sattrot in den Abend dämmert, laufen wir mit Spaten paddelnd auf feuchtem Hosenboden aus, den Südwester tief in die Stirn gezogen, steht Kapitän Piet Fröhlich mürrisch am Vordersteven, also da, wo das Boot vorne aufhört und sich tief platschend in die Dünung drängt. Plotzend und protzend, hinkend und wankend, schaukelnd und krankend, erreichen wir gegen Abend die Mitte des Stroms und mit schmerzendem Rücken weitere acht Stunden später die Landungsbrücken. Auf Sankt Pauli geht die Nacht ja jetzt erst richtig los! Mit Mumm in den Knochen, 'nem Klaren im Kopp und Hafenbeckenschmiere auf der Hose lassen wir uns durch den Reeperbahnenrummel treiben. Alles grölt und trötet und die Autos fahren hier ganz vorsichtig und die Frauen fragen einen, wie man heißt und ob man nich mal rüberkommen will – aber neee …

Im Laufe des Abends, auf dem Weg durch diverse düstere, lüsterne, flüsternde Nachtklubs verlieren sich meine Freunde und mich im verlockenden Zauber des abenteuerlich dämmernden Abends, werden verschleppt, eingesackt, mitgeschnackt und beim Schwarzfahren erwischt, so dass ich schließlich allein vorm Musicalhaus meiner zerflennten und frisch getrennten, angetrunkenen und zu Lust und Liebe aufgelegten Mathematiklehrerin in die Arme und an den Busen renne, so dass wir beide, nachdem wir uns einen verschwommenen Augenblick angesehen, in dieser Nacht und mit dieser Nacht einen Handel eingehen und dabei – ganz so, als tauschten wir, was wir nicht mehr brauchen gegen etwas Neues ein – beide gewinnen, ich das Abitur gegen meine sorgsam bewahrte Unschuld, sie meinen jugendlichen Körper gegen den Absatz ihres Schaftstiefels.

So war das damals. So un' nich' anners!

Milch

Seitdem es billiger ist, sich bei Robben&Wientjes für einen Tag einen Ford Pritschenwagen zu mieten, als mit einem zweistelligen Betrag eine Tagesfahrkarte zu entgelten (meistens an automatischen Verkaufsgeräten, die einen auffordern, die Zwölfeurovierzig doch bitte passend zu bezahlen), seitdem fahre ich mit dem Fahrrad.

Angenehme Nebenwirkungen des täglichen Radfahrens sind unter anderen die Fähigkeit, morgens in einem Zug, gewissermaßen in einer einzigen zusammenhängenden, aufstrebenden Bewegung aufstehen zu können, ohne dass vor meinen Augen gleich wieder das Tageslicht zusammenbricht, weil das schlappe Herz sich erst einmal um sich selbst kümmern muss, bevor es sich zum Beispiel mit so nebensächlichen Organen wie dem Gehirn befassen kann, oder auch der begeisterte Ausruf Noras angesichts so mancher stählerner Muskelpartien an Gesäß und Beinen. Beim Anblick meines Oberkörpers fallen ihr allerdings auch Fragen ein, wie zum Beispiel die, ob es sich nicht irgendwie einrichten ließe, auf dem Weg zur Uni auch noch ein Stück schwimmend zurückzulegen.

Und ich bin schnell, mit dem Rad, meine Damen und Herren! Ich rase da so entlang, durch den Tiergarten, bin mein eigener Trainer und, was wichtiger ist, mein eigener Sportkommentator:

Ja, meine Damen und Herren, es ist unglaublich, da bricht Grutza aus dem Feld aus, es sind noch wenige Kilometer bis zum Ziel, wo nimmt er jetzt bloß noch diese Energie her, diese

Kraft, diesen faszinierenden Kampfeswillen? Schauen Sie sich das an, meine Damen und Herren, mit welcher Leichtigkeit Frank Grutza nach dieser weiß Gott nicht ganz einfachen Etappe hier den Antritt erhöht und dem Feld einfach so davonfährt. Da versucht sich der Italiener Spumante noch an ihn dranzuhängen, aber vergeblich, meine Damen und Herren, vergeblich, Grutza ist einfach schneller. Jetzt kommt er näher an die Führungsgruppe heran, geradezu entsetzt der Blick des Franzosen Sauvignon, tja, damit hat er nicht gerechnet, innerhalb weniger Sekunden zerschlagen sich all seine Hoffnungen auf den dritten Platz, denn den hat jetzt Frank Grutza eingenommen, und das Rennen ist noch nicht vorüber, meine Damen und Herren, das Rennen ist noch nicht vorüber. Panische Angst nun auch beim Führungsduo Jameson und Pitu, noch wenige Meter bis zur Zielgeraden, und es hat fast den Anschein, als könne Grutza auch hier noch einmal zulegen; gefährlich jetzt die letzte Kurve, mit welcher Geschwindigkeit die Fahrer sich hier in diese fast neunzig Grad Biegung legen, ja, da passiert es: Jameson verliert den Halt, sein Rad rutscht ihm weg, er reißt den Franzosen mit sich; das sah schmerzhaft aus, aber die Kamera bleibt auf Grutza und Pitu, meine Damen und Herren. Nun die letzten Meter, Pitu tritt, als sei er vom Teufel verfolgt, aber es ist nur der Deutsche, dem die Anstrengung nicht im Geringsten anzusehen ist, und da zieht Grutza an Pitu vorbei, das Rennen ist gelaufen und ich glaube, ich übertreibe nicht, wenn ich sage, dass wir gerade die Geburt einer neuen Legende miterlebt haben, meine sehr verehrten Damen und Herren, einer neuen Legende des Radsports.

So rolle ich also katarrhalisch keuchend auf knirschendem Kies auf dem kleinen Vorplatz vor der Humboldt-Universität aus, schließe unter den irritierten Blicken meiner Kommilitonen mein Fahrrad an und gehe mit wackeligen Beinen hinein. Ich schwitze und bekomme kaum Luft. Meine Lunge scheint irgendwie aus meinem Schaumstoffkörper auswandern zu wollen, wobei mein Magen zu rufen scheint: Warte, ich komm mit!

Vor dem belanglosen Satz von Karl Marx im Foyer der Universität ziehe ich meinen Pullover aus. Auf dem Flur mit den großformatig gemalten Porträts aller Nobelpreisträger, die die Humboldt-Universität je hervorgebracht hat und die mich heute alle besonders schadenfroh anquatschen: »Na, Grutza, du bist ja immer noch hier! Nur noch ein paar Jahre, Grutza, dann geben sie dir einen Ehrendoktor, damit du endlich gehst«, knöpfe ich mein Hemd auf, aber diese aufsteigende Hitze will einfach nicht weichen. Vor mir öffnet sich die automatische Glastür zum nächsten Flur, meine Knie werden schwach, ich muss mich unbedingt hinsetzen, denke ich, und dass ich das nächste Mal wieder mit dem Bus fahre, das denke ich auch noch, bevor ich stolpere und mit dem Kinn genau dort auf das Linoleum aufschlage, wo die beiden Flügel der großen schweren und automatischen Glastüren entlang müssen, um sich wieder zu schließen.

Während ich mir noch überlege, ob es sehr bescheuert aussieht, wenn ich hier direkt unter den Bildern der vier Biologieprofessorinnen, die auch irgendwann einmal einen Nobelpreis bekommen haben, mit freiem Oberkörper auf dem Fußboden liege und stöhne und »Lasst mich endlich in Ruhe!« flüstere, womit ich die in höhnisches Lachen verfallenen achtunddreißig anderen Nobelpreisträger meine, während ich also so daliege, relativ bewegungslos, weil meine Hände von den Ärmeln meines Hemdes gefesselt unter meinem Bauch liegen, schließen sich langsam die beiden Flügel der großen schweren Glastür. Und wenn ich eben sagte, sie müssten genau dort vorbei, wo mein Kinn den Boden berührt, dann stimmt das nur insofern, als dass sie dort entlang müssten, wenn sich vorher nicht die gute Gelegenheit böte, meinen Hals zu fassen zu bekommen. Es mögen einige Minuten gewesen sein, in denen die Glastür Gelegenheit hatte, die Zugkraft ihrer Schließhydraulik an meinem Hals auszuprobieren, bis sie sich ergebenst vor dem Präsidenten der Universität öffnete.

Zu spät für mich! Der Mangel an Atemluft hatte mich längst auf den Weg in den Tunnel mit dem vermeintlichen Licht am Ende geschickt.

Etwas verschwommen noch, mein Blick, als ich aufwache. Im diesigen Nebel meiner nur widerwillig weichenden Ohnmacht schaue ich auf zwei große, runde Brüste, die mit flüsternder Stimme beruhigend auf mich einsprechen.

Ach nein, es sind doch keine Brüste, es sind die riesigen bernsteinfarbenen Brillengläser eines Krankenhaus-Praktikanten, der hochkonzentriert, die Zunge zwischen die Lippen geklemmt und zitternd, an meinem Arm herumfummelt. Sein beruhigendes Flüstern scheint auch nicht mir, sondern ihm selbst zu gelten. Jetzt spüre ich auch den Schmerz, und als ich mich etwas aufrichte, sehe ich die Einstiche in meiner Armbeuge: Ich sehe aus wie ein hochabhängiger Heroin-Fixer.

»Was machen Sie da?«, frage ich dieses kurzsichtige Ärztchen im Praktikum, und ich kann nur mit angestrengter Überredungskunst meine linke Hand davon abhalten, nach seiner heraushängenden Zunge zu greifen.

»Sie bekommen einen Zugang«, sagt er.

»Wozu das?«

»Jeder, der in die Notaufnahme kommt, erhält sofort einen Zugang«, antwortet er, und an dem verzweifelten Zittern in seiner Stimme merke ich, dass ich der erste Zugang seines Lebens bin. Ich schaue mich in dem Behandlungsraum um und stelle wenig überrascht fest, dass man mich mit dieser Fleisch gewordenen Bildungskatastrophe des deutschen Medizinalwesens tatsächlich allein gelassen hat.

»So fertig«, sagt es plötzlich und eilt hinaus.

Wenn es nicht bereits so stark schmerzen würde, versuchte ich mich durch Kneifen in den Arm davon zu überzeugen, dass ich wirklich wach bin. Nun gut, die Kanüle steckt in meinem Arm, durchaus auch einigermaßen in der Nähe von Blutgefäßen, nur sieht es mehr nach einer besonders perversen Spielart des Piercings aus, als nach einer lebensrettenden Maßnahme.

»Ist ein Arzt anwesend?«, frage ich in den Raum, entferne den Fremdkörper aus meinem Arm, schwinge mich von meiner Liege und bahne mir mit meiner linken Hand einen Weg durch die imaginäre Menschenmenge, die um den Verletzten, also um mich, herumsteht.

»Machen Sie Platz, ich bin Arzt.«

»Gott sei Dank, Doktor, ich glaube, er verblutet.«

»Ah, halb so schlimm, können Sie mich hören? Wie heißen Sie?«

»Oh Gott, er sagt nichts.«

»Das ist Frank Grutza, der berühmte Schriftsteller, so ein Irrer hat ihn niedergestochen.«

»Grutza? Ich denke, der ist Radfahrer.«

»Ach, seien Sie doch still. Wer sind Sie überhaupt?«

»Na, ich bin der Arzt.«

»Ach so, na dann machen Sie schon, er hat schon elfeinhalb Liter Blut verloren.«

»Wer?«

»Na er ...! Also ich!«

»Ich denke, ich bin der Arzt.«

»Nein, das bin ich.«

Seltsam, sie müssen mir irgendetwas gegeben haben, meine multiplen Persönlichkeiten haben ernsthafte Identitätsprobleme. Ich schaue auf meinen Arm, aus dem in eruptiven Stößen hellrotes Blut herausspritzt. Aha!, denke ich, die Arteria Brachialis. Weil ich keinen Bock auf eine Oligovolämie habe, binde ich zunächst den Oberarm ab, wobei jetzt die Gefahr einer Thrombusbildung mit Embolie und Apoplexie besteht, laufe schnell hinüber zu dem kleinen gelben Schrank in der Ecke, wo man in der obersten Schublade Fibrinogen und synthetisches Prothrombin findet, eins darunter Spritze und Kanüle – die Plastikverpackung mit den Zähnen aufgerissen, auf die Knie gehen, aufstecken, aufziehen, Bläschen rausschlagen, rein damit! Das hätten wir. Im Flur stehen die Regale mit dem Verbandsmaterial.

»Mist, die Brachial-Arterie ist perforiert, Schwester, geben Sie ihm noch einmal Aspirin, zweihundert Milliliter, intrakardinal. Gottstehuns ...«

»Müssen wir klammern?«

»Ach, Unsinn, ein Druckverband reicht völlig aus.«

»Nein, nein, wir müssen klammern!«

»Also gut, losen wir es aus.«

»Was?«

»Doktor, er ist ekstatisch!«

»Also gut, Druckverband, aber auf Ihre Verantwortung.«

»Palpatorisch vierzehn.«

»Bitte?«

»Er ist jetzt palpatorisch vierzehn.«

»Und was soll das heißen?«

»Woher soll ich das wissen? Ich bin hier nur die Sachbearbeiterin.«

» ...!«

»Er kann jedenfalls nach Hause gehen.«

»Sag ich ja.«

Mit einem Heftpflaster in der wunden Armbeuge spaziere ich durch die Gänge der Notaufnahme. Überall piept und brummt und summt und röchelt es wie in einer Folge *Buffy gegen die Mädchenschänder*. Da macht neben mir etwas *Ping* und eine elektronische Stimme sagt: *Tür öffnet.*

Der Fahrstuhl. Ich drücke auf Erdgeschoss.

Der Fahrstuhl sagt: *Tür schließt.* Und schließt die Tür. Gemächlich tuckern wir hinunter. Dann sagt der Fahrstuhl: *Erdgeschoss. Tür öffnet.*

Als ich gerade hinausgehen will, rammt sich mir ein porzellanweißes Paar Füße auf einer Krankenhausliege in den Magen und ich werde zurück in den Fahrstuhl geschleudert. Oben auf der Liege, auf dem Angehörigen der weißen Füße hockt ein blutverschmierter Feuerwehrmann und zerquetscht dem Delinquenten in rhythmischen Stößen das Brustbein, zwei Ärzte sind auch mit dabei.

»Halten Sie mal!«, sagt einer von ihnen und drückt mir einen Beutel mit einer hellblauen Flüssigkeit in die Hand.

Der Fahrstuhl sagt: *Tür schließt. Herzlich Willkommen.* Und dann gleich wieder: *Tür öffnet,* und jemand ruft: »Halt, nehmt mich mit!«

Ein älterer Mann mit weißem Rauschebart kommt herein. Das muss Gott sein, denke ich. Die anderen begrüßen ihn entsprechend mit Handschlag, selbst der Feuerwehrmann oben auf der Liege unterbricht seine Herz-Rhythmus-Massage, um Guten Tag zu sagen. Jetzt, wo Gott auch da ist, wird es richtig gemütlich im Fahrstuhl. Die Luft ist schlecht, es ist stickig heiß, und dazu noch das unangenehme Knäckebrot-Kaugeräusch, das der Feuerwehrmann mit dem Brustkorb seines Opfers erzeugt. Die drei Ärzte unterhalten sich gut gelaunt über eine neue Schwester auf der Herzstation, der Alte lobt sie mit einer Reihe medizinischer Fachausdrücke. Es ist schwer zu verstehen, was er sagt, weil der Feuerwehrmann so viel Lärm macht.

»Hey, Jochen«, sagt einer der beiden jüngeren Ärzte, »du kannst aufhören, das bringt eh nichts mehr.«

Jochen, der Feuerwehrmann, hört auf zu pumpen und setzt sich etwas bequemer auf die Bahre. Aus seiner Brusttasche zieht er eine Packung Zigaretten und bietet jedem eine an, mir auch, aber ich bin Nichtraucher. Jetzt möchte auch der Feuerwehrmann wissen, um welche neue Schwester es sich handelt. Daraufhin schlägt der Alte vor, dass man ja schnell mal auf der Herzstation vorbeischauen könne, die Neue sitze ja vielleicht zufällig im Schwesternzimmer. Wir fahren etwa zehn Minuten nach oben, bis der Fahrstuhl sagt: *Elftes Obergeschoss. Tür öffnet.*

Wie ein Haufen geistesgestörter Stoffpuppen aus der Muppet-Show strecken wir unsere Hälse aus dem Fahrstuhl, um nach der neuen Schwester Ausschau zu halten. In perfekter

Choreografie starren wir immer genau dorthin, wo der Alte gerade hinschaut. Um zumindest ein kleines Stück des Flurs einsehen zu können, muss ich mich etwas über die Leiche lehnen und unter Jochens Arm hindurchtauchen. Jetzt fehlt nur noch, dass wir alle gemeinsam ein Sesamstraßenlied über Krankenhäuser singen, zu dessen Refrain auch die Leiche mit wackelndem Kopf einstimmt. Einen Versuch wäre es wert, denke ich mir und beginne den Anfang von *Hätt' ich dich heut erwartet, hätt' ich Kuchen da ...* zu pfeifen. Aber keiner hört mich, alle wollen nur die neue Schwester sehen, die jedoch einfach nicht auftauchen will.

Dann kommt in seinem Rollstuhl Herr Fries an uns vorbei und der Professor sagt: »Na, Herr Fries, auch wieder hier?«

»Ja, Herr Professor«, antwortet Herr Fries.

»Na, ich mach Ihnen dann nachher mal gleich 'nen Bypass, nich'?«

»Gern, Herr Professor.«

Inzwischen ertönt zum dritten Mal aus den Lautsprechern die gereizte Aufforderung, endlich den Notfallfahrstuhl freizugeben. Die Ärzte und der Feuerwehrmann wollen aussteigen, aber eine alte Schwester, auf keinen Fall die neue, sagt im Vorbeigehen: »Den Kadaver bringense ma' schön selber weg.«

Also fahren wir in den Keller. Die Notärzte steigen aus, nehmen die Leiche mit, und ich bin wieder allein. Die Tür schließt sich, und ehe ich auf einen Knopf drücken kann, sagt der Fahrstuhl: *Sechstes Obergeschoss. Tür öffnet.*

Als ich aus dem Fahrstuhl in den Flur dieser Station schaue, spüre ich sofort, dass hier zwar nicht der Ausgang ist, ich hier aber genau richtig bin.

Die Wände sind alle angenehm bonbonfarben gestrichen, überall hängen naive Gemälde von Tieren. Direkt gegenüber der Fahrstuhltür schaut mich ein riesiges grinsendes Nilpferd an. Natürlich steige ich hier aus. Es ist die Kinderstation. Auf dem Flur stehen einige Erwachsene herum, die zufrieden und glücklich aussehen. Hinter einer großen Glasscheibe liegen beinahe hundert kleine Kokons mit Babys drin. Mit den Händen in den Taschen schlendere ich weiter den Flur hinunter. Plötzlich springt neben mir eine Tür auf, eine große, schwere, starke Schwester greift nach meinem Arm, bricht ihn mir und zerrt mich mit den Worten: »Na endlich, da sind Sie ja, jetzt hätten Sie es fast verpasst, Sie Rabenvater!«, in einen kreischgrünen, kreisrunden Saal.

»Halten Sie wenigstens ihre Hand«, sagt die Schwester und lässt meinen Arm los.

Sofort greift eine schweißfeuchte andere Hand nach ihm, deren Griff noch ungleich stärker ist. Ich drehe mich um und sehe eine Frau: ein furchtbarer Anblick – das Gesicht weiß wie bei einem Harlekin, die Haare kleben verschwitzt auf der Stirn. Jetzt sieht sie mich an, in ihren Augen empört sich etwas, bäumt sich im Schock auf, ein traumatisierender Schrei explodiert aus der Frau heraus und umschlingt meinen Hals, schiebt seine eiskalten, spitzen Finger in meinen Rachen und sucht nach meinem Magen. Die Hand der Frau sucht nach meiner Hand, findet und zerquetscht sie, jetzt schreien wir zweistimmig, ich eine Terz höher als sie.

Achtzehn Stunden später lässt die Frau mich los, um mit gurrenden, gutmütigen Lauten ihr Neugeborenes in den Arm zu nehmen. Ich breche neben dem Kindbett zusammen, binnen kürzester Zeit schwillt meine ausgepresste Hand auf die Größe eines Kleinwagens an, so dass ich fürchten muss, nicht durch die Tür zu passen. Die große, grobschlächtige Schwester schiebt mich hinaus in eine Art Abstellkammer. Ich suche nach Schmerzmitteln und Kühlpackungen, ehe ich etwas entdecke, was meine Neugier weckt und meinen Schmerz verstummen lässt:

Es ist ein sonderbares Gerät. Eine Art Glocke aus Plastik mit einem Schlauch daran, ein kleiner Kasten mit einem Stecker für die Steckdose, noch mehr Schläuche, Kolben, Druckausgleichkammern, Strömungsmesser, Pasteurisationszylinder und ein Prägestempel für das Haltbarkeitsdatum. Was mag das für ein Gerät sein? Auf der Packung entdecke ich das Bild einer Frau mit Oben-ohne, woraufhin meinem unkontrollierbaren Kleinhirn sofort der Ausruf »Ey boah, Alter, ey ...!« entfährt. Neben der erotischen Abbildung: die Gebrauchsanleitung.

Na toll, auf Taiwanesisch und auf Holländisch: »Pressje dat Glöckelen uff deene Brüstgen ...«

Als ich wieder zu mir komme, sehe ich im diesigen Nebel meiner nur widerwillig von mir weichenden Ohnmacht zwei große, bernsteinfarbene Brüste, die ich schon kenne und denen ich, sobald ich sie aus den Fesseln befreit habe, sofort mit aller Kraft meine linke Faust in die glotzende Mitte zu schmettern beschließe.

Ötztal

gipfel des schrankwandl ... gute 8000 m über dem ötztal ...
2. januar 2001/9:58 h ...

Der Berg und ich. Ich auf dem Brett. Schweißnass bei minus
zwanzig Grad, Gore-Tex sei Dank. Knie beugen können Sie
vergessen. Knie durchdrücken auch. Überhaupt alles, was man
Ihnen über den Gebrauch der unteren Extremitäten gesagt hat,
verliert hierbei seine Bedeutung. Das Einzige, was Sie wirklich
brauchen, wenn Sie auf dem Snowboard, auf diesem Spott-
werkzeug des Teufels, stehen (Stehen!! Ha. Ha.), ist ihr Arsch
und eine wasserdichte Schneehose. Ich liege da, im Schlamm
am aufgewühlten Pistenrand und motze.

»Wie gut, dass wir das Zwölfstundenticket genommen haben,
dann kann ich mich ja noch glückliche elf Stunden lang im
Schnee suhlen.«

»Komm, jetzt stell dich nicht so an, hab halt ein bisschen
Geduld«, sagt Nora, während sie auf ihrem Board brettüber-
kopf über mir hinwegsaust, sich dabei viermal um ihre Längs-
achse dreht und in etwa dreihundert Meter Entfernung wieder in der richtigen Reihenfolge auf dem Boden aufkommt,
elegant mit den Hüften wedelt und über die nächste Kuppe
schrubbend einen Abschnitt der Piste entlangjagt, den ich
nach optimistischen Einschätzungen erst gegen Abend erreichen werde.

Aber fangen wir unten an. Fangen wir morgens an.

krummdorf in österreich ... zwei stunden vom ötztal entfernt ...
2. Januar 2001/6:35 H

»Nora, ich sterbe, wenn du das tust«, versuche ich meine gnadenlose Lebenspartnerin zum Einlenken zu bewegen, während sie mich mit der Kraft eines muslimischen Bademeisters ungerührt weiter in Richtung Dusche schiebt.

»Hör zu«, flehe ich mit zappeliger Hysterie in der Stimme, »ich steh ja auf, ich komm auch mit, aber ich kann doch auf der Sonnenterrasse auf euch warten. Das macht mir nichts, ehrlich. Ihr könnt dann schön Sport machen und ich les irgendwas. Komm, Nora, wir haben doch Urlaub.«

»Da täuschst du dich, Schatz. Es war nie die Rede davon, dass das hier dein Urlaub werden würde. Du hast schließlich den ganzen Rest des Jahres frei, während ich für die Rundum-Finanzierung deines zweifellos einmaligen Genies Sorge trage.«

»Aber es ist noch dunkel draußen, Nora! Moment mal, was ist das für ein Geräusch? Ist das die Dusche? Nora, warte, lass mich doch wenigstens meinen Schlafanzug ausziehen, he, die ist ja eiskalt, willst du mich umbringen, nein, tu das nicht, bitte ich!« – Ohnmacht.

So brutal ist Nora nur im Urlaub.

In einen Raumanzug gestopft, in dem ich schwitze, von dem ich aber nicht weiß, wo er sich öffnen lässt, sitze ich anderthalb Stunden später eingepfercht zwischen Lutz und Alex auf der Rückbank von Harris bescheuertem Fiat Panda, auf der auch Birgit und Brigitte sitzen. Bei jeder Bewegung, die wir machen, rauschen unsere Skianzüge wie seidene Brautkleider, und Harri, der Fahrer, rast die Serpentinen der idyllischen Ötztaler Alpen hoch, dass es jedem nordkambodschanischen Busfahrer vor Neid die Sprache verschlagen würde. Den anderen macht es Spaß. Wie in jedem Jahr, so haben Nora und ihre Freunde sich in einem ungestümen Ausbruch irrationaler Sentimentalität auch dieses Mal dazu entschlossen, ihre standesgemäßen Gefährte aus deutscher und britischer Produktion zu Hause zu lassen, das Verhältnis zwischen Insassen- und Zylinderzahl auf 2:1 umzukehren und ausgerechnet mit Harris italienischem Kinderspielzeug in die Skigebiete zu fahren. (Noras Lebensgefährte hat bei den Reisevorbereitungen traditionell kein Mitspracherecht.) Jetzt strahlen sie, singen »Zombie« von den Cranberries und rufen sich gegenseitig ununterbrochen Erinnerungen aus ihrer Grundstudiumszeit in Erinnerung.

»Genauso wie früher!«, brüllt Birgit gegen den Motorlärm an und macht ein Foto mit ihrem Handy, um es nach Hause zu ihrem Mann und ihren beiden Kindern zu schicken. Mir ist schlecht, und ich denke ernsthaft darüber nach, ob mein Spezialfaseranzug, der alles raus-, aber nichts reinlassen soll, wohl einen Urinbeutel besitzt.

Dann sind wir endlich da. Nora, Harri, Birgit, Brigitte, Lutz und Alex verlassen den Fiat. Die Türen klappen zu. Ich genieße die Stille. Schließe die Augen. Und schlafe ein. Nora stößt mir einen Skistock in die Seite.

»Was ist denn mit dir? Komm jetzt. Die anderen warten schon.«

Da sitze ich also in meinen Skischuhen, dem Schneeanzug, der Daunenjacke, den Handschuhen und der Pudelmütze auf der Rückbank des Panda wie ein in eine Reisebustoilette eingesperrter Sumo-Ringer. Weil ich keine Ahnung habe, wie ich da einigermaßen würdevoll herauskommen soll, beginne ich mit der ersten Selbstdemütigung des Tages: Ich wiege zunächst meinen Oberkörper etwas hin und her, bis ich nach einer Seite umkippe. So auf der Rückbank liegend, widerstehe ich der Versuchung, wieder einzuschlafen, nur deshalb, weil Noras Finger geräuschvoll abwartend auf das Dach des Autos trommeln. Also hebe ich meine Beine, mit angewinkelten Knien, auf die Rückbank, drehe mich bäuchlings, strecke die Arme aus und warte. Nachdem alle außer Nora gründlich fertig gelacht haben, packen Lutz und Alex je einen meiner Arme, ziehen mich ins Freie und lassen mich in den Matsch des Parkplatzes fallen.

Einige Zeit später sitze ich im Sessellift, meine Beine baumeln unnatürlich verdreht nach unten ins Leere, an meinem rechten Fuß klemmt quer das Brett. Ich schäme mich. Ich schäme mich für die würdelose Blödheit, die man mit diesem Balkenpranger am Fuß ausstrahlt, und auch für die gutmütige Folgsamkeit schäme ich mich, in der ich mir freiwillig diesen Fremdkörper an die Schuhe geschnallt habe. Dann sehe ich mich um und entdecke hinter mir ein gutes Dutzend voll besetzter, doppelsitziger Liftsessel, und überall baumeln diese Bretter. In den blauen Himmel schauend, frage ich mich, ob dort oben nicht vielleicht gerade in diesem Augenblick eine außerirdische Spezies aufgrund dieses Anblicks beschließt, den ersten Kontakt mit der Menschheit doch noch einmal um zweitausend Jahre zu verschieben.

Aus den Sesseln direkt hinter mir winken lachend Lutz, Harri, Alex, Birgit und Brigitte, alle noch mit geröteten Wangen und Tränen in den Augen von der perfekten Inszenierung meines Einstiegs in den Sessellift. Man steht da nämlich in der Schlange, am rechten Fuß das Brett, dieses allerdings extrem unergonomisch quer zum Fuß angeklebt. Hält man den Fuß gerade, wie es sich für uns Menschen seit Millionen von Jahren gehört, dann latscht man unweigerlich mit dem anderen Fuß auf die übrigen anderthalb Meter des Brettes, oder, falls man es geschafft hat, mit dem linken darüber zu spagaten, ohne dass der rechte Fuß hangabwärts abgeglitten ist, säbelt man sich eben beim nächsten Schritt mit dem verbretterten Rechten gekonnt selbst von den Füßen. Die Lösung liegt in der so genannten Skating-Haltung, die ein einigermaßen mit einer gesunden Anatomie ausgestatteter Westeuropäer nachweislich nicht einzunehmen in der Lage ist, weil sich der Fuß zwar in diese übertriebene Große-Onkel-Haltung drehen lässt, dort aber niemals bleibt, denn wenn er es täte, bedeutete dies den Verlust einiger für den aufrechten Gang doch nicht ganz unwichtiger Sehnen und Bänder. Die Haltung ist jedenfalls, wie man sich lebhaft vorstellen kann, alles andere als elegant. Zum Glück haben die fortschrittsvernarrten

Österreicher ein Fließband gebaut, auf dem man sich nur einige Sekunden lang aufrecht zu halten braucht, bis es einen in die richtige Position manövriert hat, damit einem der Sitz des Lifts liebevoll in die Kniekehlen rattern kann und man, etwas frivol, aber glücklich, in ihn hineinplumpst.

Wie gesagt, einige Sekunden aufrechter Haltung sind dazu schon nötig.

Mir jedenfalls stupste der eselhafte Sessellift nicht unter den Hintern, sondern die Mütze vom Kopf, da sich wieder einmal der rechte, brettbündige Fuß, einer gewissen Neigung des unseligen Fließbandes folgend, auf den Weg ins Tal gemacht hatte, während der andere irgendwo in der Luft schwebte. Ich weiß nicht, wie es anderen Leuten geht, aber bei mir wirkt sich der Verlust beider Beine normalerweise sofort auf das Stockmaß meines Körpers aus. Und da der Lift nicht darauf ausgelegt war, ihn nötigenfalls auch im Knien zu besteigen, polierte er mir erst einmal den Hinterkopf.

Und das war schon sehr lustig. In Ermangelung eines in irgendeiner Weise zum Anhalten des Lifts befugten Österreichers, dessen Dialekt und Aussprache mir in dieser Situation einigermaßen egal gewesen wären, arbeitete diese huxleysche Höllenmaschinerie unbeirrt weiter. Das Förderband, auf dem ich nun lag, beförderte mich weiter in Richtung auf einen Abgrund zu, in dem man nichts ahnende Anfänger wie mich offenbar zu beseitigen pflegte. Über mir zogen die inzwischen voll besetzten Sessel mit ihrer eingebildet gut gelaunten Fracht hinweg, der Abgrund kam beharrlich auf mich zu und Millionen feixender Augenpaare glotzten mich durch ihre Sonnenbrillen an.

Dann hörte ich Noras Stimme über mir: »Los, komm jetzt endlich!«

Ich stemmte meinen Oberkörper dem Himmel entgegen, bekam die Sitzkante des Sessels in die Magenkuhle und Nora meinen Kragen zu packen.

»Ich bin dir peinlich, stimmt's?«

»Ach was! Überhaupt nicht!«

»War das eben ein ironischer Unterton?«

»Ironischer Unterton? Ich habe keine Ahnung, was du meinst.«

So fuhren wir in fröhlicher Ausgelassenheit immer weiter den Berg hinauf. Weiter und weiter. Wir ließen die Baumgrenze hinter uns. Und die Tiergrenze. Was die Grenze für Menschen anging, so hatte ich sie persönlich bereits überschritten, als ich heute Morgen, anstatt das Licht der Welt nur die grelle Neonröhre erblickte, die in unserem gemütlich eingerichteten Wohnen-auf-dem-Bauernhof-Zimmer brummend unter der Decke hing.

Nora schwieg eisig neben mir, während ich zwischen meinen schlotternden Skianzugbeinen hindurch die schneebedeckte Karstlandschaft der abgerutschten österreichischen Alpen betrachtete. Ich konnte Städte erkennen und Seen, und war das dort nicht die Donau? Unter ihren permanent violetten Smoghauben lagen gut sichtbar Rom, Athen und Tel Aviv. Irgendwann erreichten wir die Bergstation.

Lassen Sie mich nun noch mit nur wenigen Worten das Bild zeichnen, das sich mir dort bot:

Die *Hütte* war eine dreistöckige Kentucky-Fried-Chicken-Niederlassung, auf deren breiter Terrasse sich die ganze fritösendunstgeschwängerte deutschdusselige Nachgeburt der masturbativ peinlichen neunundachtziger Generation in almdudeliger Naturverbundenheit räkelte und »Es ist geil ein Arschloch zu sein« vom Zlatko-Nachfolger *Christian aus dem Container* akklamativ zum Basis-Sediment großdeutscher Leitkultur evaluierte. Die Erscheinung dieser Pfälzer Dorfkirmes an der Stelle, an der vor nicht allzu langer Zeit Ötzi seinen elenden Hunger- und Kältetod gestorben war und wo sich vor kurzem erst Luis Trenker die Hände blutig geklettert hatte, regte sich noch eine ganze Weile in meinem Kopf und ließ mir mental den Sabber der Tollwut aus den Mundwinkeln quellen, als ich schon längst auf allen vieren im Krebsgang die erste schneebeharschte Steilklippe hinunterscheuerte, wie es armseliger und schmerzhafter kaum hätte sein können. Das hatte ich Nora zu verdanken, die mich mit sanfter Kraft in Richtung Tal gestupst hatte, und noch bevor ich ihr mein Gnadengesuch zurufen konnte, auf und davon gebraust war.

Unser Skiurlaub dauerte eine Woche. Am letzten Tag kamen Nora und ihre Freunde noch einmal an der Talstation vorbei, warteten, bis ich die letzten Meter der Piste hinuntergeschlurft war, packten mich ein, und wir fuhren wieder nach Hause. Für dieses Jahr hatte ich es überstanden. Der Skiurlaub ist normalerweise die einzige Prüfung meiner Loyalität, die Nora mir einmal im Jahr abverlangt.

Miriam

Nora und ich. Wir sind vor einiger Zeit umgezogen, in eine größere Wohnung, in so eine Wohnanlage, für besondere Menschen. Seit ich in der Berliner Szene als knallharter Untergrundschriftsteller bekannt geworden bin, seit ich in geheimnisvollen, unterirdischen Freimaurerlogen auftrete, die sich tagsüber als harmlos dudelige Jazzkeller tarnen, und seit ich dort meine für einige Leute sehr gefährlichen Texte vorlese, wäre ich schlecht beraten, wenn ich noch wie jeder Bundes- und Bundestagspräsident einfach so irgendwo in Prenzlauerberg in einem lächerlich licht luftigen Loft wohnen würde.

Deshalb wohnen Nora und ich jetzt in einer SpOZ (einer »Speziell Observierten Zone«), so mit Plexiglasscheiben, eigenem Wachdienst, Magnetkarten für die Türen und diesem ganzen Zeug. Von außen sieht das Ganze einfach wie ein nigelnagelneuer Altbaukomplex aus, aber in Wirklichkeit wohnen da nur so Leute wie ich, Salman Rushdie, Joschka Fischer und Boris Becker, wir Verfolgten eben, die wir uns verstecken müssen.

Unsere Wohnung liegt zum Innenhof, da, wo die gepanzerten Limousinen geparkt werden, und ich kann von meinem Zimmer aus wunderbar zu Gwyneth Paltrow und Cameron Diaz rüberschauen, die sich ein Apartment teilen. Meistens sind die Fenster ihrer Wohnung allerdings dunkel. Dann schaue ich der gut aussehenden Frau in der Wohnung oben drüber zu, wie sie sich die Zähne putzt, ihre Yogaübungen absolviert, Müsli isst, mit ihrem Yoga-Lehrer schläft und mit

ihrer besten Freundin zusammen in BH und Schlüpfer Polaroid-
fotos macht. Nicht, dass ich ihr den ganzen Tag zuschaue. Sie
heißt im Übrigen Miriam, kommt aus München und ist mit
einem Mann namens Heiner Lauterbach verheiratet. Und sie
sieht verdammt gut aus. Sie gehört zu den Frauen, die den ganzen lieben Tag lang auf einem wabernd watteweichen Teppich
aus Hymnen männlicher Verzücktheit wandeln. Sobald man
ihnen begegnet, löst sich die Zunge und man ist urplötzlich zu
glanzvoller Prosa imstande. Das Herz schlägt einen, aber die
Stimme hält zu einem. Und: »Oh ... äh ... also ... tja!«, flüstert
man, zwinkert mit dem rechten Lid und bricht hinter der so
auf das Artigste Angepriesenen ohnmächtig zusammen. Wenn
man Glück hat! Ich hatte keines.

Zufällig, weil ich mich beim Müll-Runterbringen etwas ver-
laufen hatte, stand ich eines Tages vor ihrer Wohnungstür.
Lange stand ich dort. Ich wartete. Ich wusste nicht, worauf. Das
Treppenhauslicht wartete mit mir. Wie hypnotisiert starrte ich
auf den kleinen pausbäckigen Nikolaus, den Miriam an ihre
Wohnungstür gehängt hatte. Er fixierte mich und mir war,
als würde ich ihn lachen hören. Nach drei Minuten wurde das
Treppenhauslicht ungeduldig. »Also, was ist jetzt?«, nörgelte
es, »die Klingel ist da rechts – drauf drücken oder nicht?«

Das laute, schnelle Pochen meines Herzens echote hallend
durch die leeren Gänge des Gebäudes, der Nikolaus grinste
debil zu mir herüber, meine linke Hand klammerte sich an den
dünnen Metallgriff der Biogut-Tonne, die ich eigentlich hatte
entleeren wollen, ich war unfähig, mich zu bewegen.

»Ach Gott, ach Gott«, stöhnte das Treppenhauslicht verächt-
lich, »schon wieder so einer. Also, ich muss jetzt los.« Und zack,
war es weg.

Ich stand im Dunkeln. Ganz langsam, ohne dass ich etwas
dazu tun musste, bewegte sich wie ferngesteuert meine Hand
auf den Lichtschalter zu. In irgendeiner düsteren Ecke meines
unterbelichteten Bewusstseins versuchte mich jemand zu war-
nen, der Nikolaus zappelte hörbar an dem goldenen Schnür-

chen, an dem er aufgehängt war, und sagte: »Oh, oh!« Mein Finger berührte den Lichtschalter, der fürs Greifen und Tasten zuständige Teil meines inkompetenten Bewusstseins meinte noch »Komisch, vorhin war der viel größer!«, da erklang schon aus dem Inneren der Wohnung Wagners Ritt der Walküren, elektronisch zum Klingelzeichen stilisiert. Ich rannte los, ließ vor Schreck die Biogut-Tonne los, die in einem weiten Bogen vor mir her flog und irgendwo in der Dunkelheit verschwand. Ich, nicht minder blind, als die darin gesammelten Kaffeefilter und Bananenschalen, lief einfach immer so lange geradeaus, bis ich an eine Wand schlug, drehte mich dann nach rechts und stolperte weiter, bis zur nächsten Wand. Als ich auf diese Art den ersten Stock erreicht hatte, verfing sich mein linkes Bein in der Biogut-Tonne, die freundlicherweise hier auf mich gewartet hatte, und in fröhlicher Eintracht verteilten wir gemeinsam ihren angemoderten Inhalt im noch immer stockfinsteren Treppenhaus, nahmen im freien Fall auch die letzten paar Stufen und knallten wollüstig ans Plexiglas der Tür zum Innenhof, an der zumindest ich bäuchlings kleben blieb.

Ohne, dass ich es gerufen hätte, schaltete sich nun spottgierig das Treppenhauslicht wieder ein, so dass Miriam, die gerade auf der anderen Seite der Glastür den Schlüssel ins Schloss schob, sich in aller Ruhe anschauen konnte, wie ich in einem Regen aus Lauch- und Chinakohlresten, mit einem lustigen Filtertütenhütchen auf dem Kopf und einem Bund Petersilie im Nasenloch das Wort »Scheiße« zu artikulieren versuchte, was mir wegen des halben Staubsaugerbeutels zwischen den blutenden Lippen einigermaßen misslang. Wie oft hatte ich zu Nora gesagt: Staubsaugerbeutel gehören nicht in die Biogut-Tonne!

»Hey du, lebst du noch?«, fragte Miriam und stieß mir sanft die Spitze ihres Schuhs in die Rippen. »Bist du nicht der aus dem Hinterhaus, dritter Stock, der den ganzen Tag zu Hause vor dem Fenster sitzt?«

»Sie sind aus der Nähe noch schöner als von fern«, brabbelte ich tollkühn und zog ein paar Orangenschalen unter meinem Pullover hervor.

»Oh, wie reizend von dir.«

Sie ging vor mir in die Hocke und band meinem rechten Turnschuh mit unendlicher Zärtlichkeit eine Schleife in den Senkel. In meinem Schädel sabbelte und quatschte alles durcheinander, Schadensmeldungen wurden verlangt, Evakuierungspläne diskutiert und dazwischen wischten zischend ein paar durch den freien Fall zu munterer Ausgelassenheit angestachelte Glückshormone umher und redeten auf mich ein, ich möge die vor mir kniende Frau doch umarmen und »Mama« zu ihr sagen.

»Möchtest du mit raufkommen, du siehst aus, als könntest du eine Dusche gebrauchen.«

In solchen Augenblicken, in denen es darauf ankommt, eine Entscheidung zu treffen, in denen schnelles Reagieren gefragt ist, kann ich mich für gewöhnlich darauf verlassen, dass mein feiges Bewusstsein mich im Stich lässt. So auch dieses Mal: Mit gelassener Routine schaltete es auf Stand-by und ließ mich dort blöd auf dem Flur sitzen und kein Wort mehr sagen.

Als ich wieder zu mir kam, war Miriam natürlich längst weg. Das war ein schwerer Schlag für mich, eine bittere Enttäuschung, die auch an der Klimax dieser Geschichte nicht spurlos vorübergegangen ist. Jeder Mensch, jeder Metropolenbewohner weiß: Nach Momenten äußerster Anspannung, nach extremen Erlebnissen, nach höchsten Glücks- sowie nach Unglücksmomenten bleiben einem nur mehr die Straßen der Stadt. Und so ging ich zutiefst betrübt über meine Unfähigkeit, einfach einmal in meinem Leben cool zu sein, durch eben diese Straßen unserer Stadt und fühlte mich schlecht. Aus zweierlei Gründen: Zum einen hatte ich Nora beinahe mit einer anderen Frau betrogen – schließlich war ich nur durch einen hysterischen Nervenzusammenbruch infolge eines schweren Sturzes daran gehindert worden, mit Miriam duschen zu gehen –, und zum anderen fraß sich in mir die Scham an der Tatsache fett, dass ich Miriam genau als der Trottel erscheinen musste, der ich tatsächlich war.

Innerlich zerrüttet kam ich an einem Secondhandladen vorbei (die esoterische Bedeutung eines solchen Ortes brauche ich den Metropolenbewohnern nicht zu erläutern) und innerhalb weniger Sekunden entwickelte sich in mir ein Entschluss. Während ich vor dem Schaufenster des Altkleidersammlers stand, spürte ich dumpf, dass es einen Weg gäbe, wie ich die Hochachtung verschiedener Personen, einschließlich mir selbst, wieder zurückgewinnen konnte. Ich beeilte mich, noch bevor mein Bewusstsein mitbekommen würde, was ich tat, den Laden zu betreten, mir ein paar Anzüge vom Haken zu nehmen und mit ihnen in der nächstbesten Umkleidekabine zu verschwinden. Ja, ich würde mir einen Anzug kaufen, ich würde jetzt, ja, jetzt sofort, ohne langes Zögern, ohne Hin und Her, ohne mich auf Diskussionen mit mir selbst um Spießertum und Schwiegersöhnchen-Qualitäten einzulassen, mir hier und heute einen Anzug kaufen. In diesem Anzug würde ich zuerst zu Miriam gehen, würde ihr schon allein durch mein Äußeres zu erkennen geben, dass ich ein ihr ebenbürtiges Geschöpf war, dass ich ein Mann war und kein Spielzeug, das man sich mal eben vom Fliesenboden der Hintertreppe aufsammeln und mit nach Hause nehmen konnte. Mit neu gewonnener Tapferkeit beeilte ich mich, meine Hose auszuziehen und den ersten Anzug anzuprobieren.

Was würde ich mit meinem neuen Anzug machen? Ich würde zu Nora gehen. Was sonst? Na klar. Das war die beste Lösung. Ob ich unterwegs noch ein paar Blumen kaufen sollte? Oder war das zu übertrieben? Ich hatte noch nie Blumen gekauft. Aber vielleicht sollte ich ja gerade jetzt damit anfangen. Mist, die Hose ist zu klein. Aber Blumen? Nein, was wird Nora wohl denken, wenn ich plötzlich mit Blumen ankäme?

»Mein Gott, was sind denn das für Anzüge?«

Vier Stück hatte ich bereits anprobiert, bei allen hatte die

Größe des Sakkos in einem völlig absurden Verhältnis zur Hose gestanden. Bei dem einen war das Sakko so groß, dass ich glaubte, aus Versehen den Vorhang der Kabine übergestreift zu haben, dafür war aber die Hose so klein, dass sie auch einem Zwölfjährigen Schmerzen bereitet hätte. Dann wieder genau andersherum: ein Jäckchen, in dem man zum Hulk wurde, und ein Sechsmannzelt von Hose. Was waren das für Leute, die mal solche Anzüge getragen haben? Erdbewohner jedenfalls nicht.

Und dann geschah es. Der fünfte Anzug:

Ich stehe da, das Sakko gefällt mir, wenn ich ordentlich an der Rückennaht ziehe, sitzt es auch ganz passabel, dann streife ich die Hose vom Bügel. Ich hätte schon an ihrem Gewicht spüren müssen, dass da irgendwas nicht in Ordnung ist, dann greife ich der Hose links und rechts an die Hüfte und entfalte sie. Und vor mir öffnet sich ein Krater, ein riesiges futterfarbenes Loch. Und es wird größer und größer. Plötzlich spüre ich einen scharfen Wind durch die Kabine wehen. Ein Tornado bildet sich über der Öffnung, ein Sog, ein Höllenstrudel zerrt an mir, meine Kräfte lassen nach, ich werde kopfüber in die Hose hineingezogen, ein lautes *Schlllrrrrrpp* ist in diesem Augenblick in ganz Berlin zu hören, noch in zwanzig Kilometer Entfernung zerbersten die Fensterscheiben, drei Charterflugzeuge von den Balearen geraten mit in den Sog und stapeln sich infernalisch auf dem Secondhandladen, Kreuzberg steht in Flammen, ein paar hängen gebliebene Alt-Apo-Linke denken, es sei schon wieder erster Mai, ein paar Naziskins laufen vaterlandsverteidigend auf die Straße und werden dort von aus der Umlaufbahn gerissenen Spionagesatelliten geplättet.

Aber ich bin währenddessen längst in die Raum-Zeit-Anomalie eingetaucht, werde ordentlich gestaucht und in die Länge gezogen und falle im sechzehnten Jahrhundert in der Nähe von Kaiserslautern vom Himmel. In Anzugjacke und Boxershorts.

»Ah, da bist du ja, wo warst du denn so lange?«

»Frag nicht, Nora. Frag nicht.«

»Na komm, ich hab dir schon dein Badewasser eingelassen und das Badeöl, das so richtig schön schäumt.«

Sie nahm mich an die Hand und ich trottete hinter ihr her ins Badezimmer.

»Ist es das, das nicht in den Augen brennt?«

»Ja, Süßer, das ist es. Erzählst du mir jetzt, wo du deine Hose gelassen hast?«

Sie streichelte mir zärtlich über den Kopf und ich machte ein lautes »Brrrmmmm!«, weil der Kapitän des kleinen blauen Plastikdampfers noch gerade rechtzeitig den weißen Schaumberg erkannt hatte, um »Volle Kraft zurück!« rufen zu können.

»Ach, Nora, das glaubst du mir ja doch wieder nicht«, seufzte ich und tauchte unter.

Unser Freund, der Auftragskiller

Nora und ich, wir haben neuerdings einen Auftragskiller in unserem Freundeskreis. Und das kam so:

Ich wollte eine Geschichte schreiben, über unseren neuen Wok und über all diese albernen Gemüsearten, von deren bloßer Existenz man keine Ahnung hat, solange man keinen Wok besitzt. Eine richtig gute Geschichte wollte ich schreiben, über den Besuch eines Asia-Shops, in dem man all das Zeug bekam, das unsere Eltern nicht einmal auf ihrem Komposthaufen geduldet hätten: Schwabbel-Pilze, Seegurken, Haifischflossen, Leguan-Zungen und von der japanischen Mafia abgeschnittene kleine Finger.

Aber da kam mir wieder einmal die Verhaltensauffälligkeit eines meiner lieben Berliner Mitbürger in die Quere. Am Anfang, wenn man neu ist in Berlin, glaubt man noch an Ausnahmen, doch nach spätestens einem Jahr und einem halben Dutzend Wohnungswechseln hat man Gewissheit: Alles, was in diesem Land in irgendeiner Form nicht mehr alle Tassen im Schrank hat, kommt nach Berlin, zieht in ein Mietshaus und geht den anderen Bewohnern des Hauses so lange auf die Nerven, bis sie assimiliert sind und der Idiotie mit gleicher Begeisterung frönen, wie es der in ihr Heim inkubierte Irre tut.

Ich hatte mir gerade ein paar sehr lustige Asia-Shop-Fachbegriffe aus dem Internet besorgt, mich in meinen speziell gepolsterten Denk-dich-frei-Kreativitätssessel zurückgelehnt und aus meiner Gute-Einfälle-Tasse einen Schluck Lass-den-Dingen-ihren-Lauf-Tee genommen, da schoss plötzlich und zerstörungswillig der akustische Dorn einer E-Gitarre von unten durch mein Zimmer, durch meinen Denk-dich-frei-Kreativitätssessel, durch mein rechtes Handgelenk direkt in meinen linken, vorderen Entdecke-die-Möglichkeiten-Schläfenlappen, wo er stecken blieb und sich genüsslich nagend an jene Reste der grauen Masse machte, die mir meine Schulzeit übrig gelassen hatte.

Na gut, sagte ich mir. Das ist der Typ aus dem Erdgeschoss. Bleib ruhig, Frank, du willst doch kein Spießer sein. Allein die Tatsache, dass er, seit du hier eingezogen bist, jede Nacht, jeden Morgen, jeden Abend und die ganze Zeit dazwischen auf seiner erbärmlichen Gitarre immer dieselben erbärmlichen Akkorde übt – er beherrscht genau zwei! –, um dann, wenn er mal von seinem dolustéten Instrument ablässt, auch noch zur Entspannung auf seinem Computer ein erbärmliches Formel-1-Rennwagenspiel spielt; nur, weil er dir schizoid grinsend die Fresse poliert hat, als du ihn mal um etwas mehr Ruhe bitten wolltest, allein deswegen darfst du ihn jetzt nicht voreilig verurteilen. Sei doch nicht so empfindlich!

In südlicheren Ländern ist es völlig normal, dass aus allen Wohnungen Samba, Kindergeschrei und Karnevalsreden erklingen, dort findet das Leben auf der Straße statt, da herrscht noch Leben, da wäre es lächerlich, wenn du alle Bewohner deines Hauses um Ruhe bitten würdest. Also, stell dich nicht so an. Sei mal ein bisschen cool. Geh raus, besorg dir eine tote Katze und nagle sie ihm als Warnung an die Wohnungstür!

Also ging ich mit meiner Gute-Einfälle-Tasse in die Küche, schüttete den belebenden Sud in den Ausguss und futterte stattdessen den ganzen Vormittag über die Klinikpackung Johanniskraut-Dragees auf, die Nora eigentlich für ihre Tante Sigrid besorgt hatte.

Nora rief zum Essen. Sie hatte gekocht. In unserem neuen Wok hatte sie während der letzten zwölf Stunden ein japanisches

Gericht namens Sassai Tsurikomiashi zubereitet. Es roch etwas streng und schmeckte nach abgestandener Seifenlauge.

»Schmeckt prima, Nora«, sagte ich und las mir innerlich noch einmal den Satz vor, der auf der Packungsbeilage der Johanniskraut-Kapseln gestanden hatte: *In der Ruhe liegt die Kraft.*

»Es schmeckt furchtbar«, stöhnte Nora frustriert und spachtelte die Masse von ihrem Teller in die Biogut-Tonne. Lethargisch und halb eingeschläfert sah ich ihr dabei zu.

»Dabei habe ich mich streng an das Kochbuch gehalten«, schmollte sie und zog mich von meinem Stuhl. »Komm, wir gehen zum Italiener!«

»Ist gut, Nora«, stupidierte ich paralysiert vor mich hin, spazierte in aller mir vom Johanniskraut verliehenen Gleichgültigkeit hinüber in den Flur und öffnete schon mal die Wohnungstür, wobei mir ein Chinese entgegenkippte. Seine Augen waren ganz klein, ich würde fast sagen: geschlossen. Und seine platte Stupsnase schnüffelte lukullisch, als gehörte sie einer notgeilen Siamkatze.

Nase voran und mit Speichel in den Mundwinkeln fiel er auf mich zu. *In der Ruhe liegt die Kraft*, dachte ich und trat einen Schritt zur Seite. Der Chinese plumpste dankbar der Länge nach in unseren Flur und landete mit dem Gesicht in dem Haufen Schuhe, der sich in Ermangelung eines Schuhregals in unserem Flur angehäuft hatte und vor dem Nora jeden Morgen eine Dreiviertelstunde lang stand, um sich ein zusammenpassendes Paar herauszuklauben.

»Was ist das denn?«, fragte sie jetzt und meinte den Chinesen, der zwischen ihren Pumps und den Joggingschuhen lag und orgastisch genießende Laute von sich gab.

»Das ist ein Chinese«, erklärte ich.

Der Mann auf dem Boden drehte sich auf den Rücken, schob sich der Bequemlichkeit halber einen von Noras Winterstiefeln unter den Kopf und öffnete, zum ersten Mal, seit ich ihn kennen gelernt hatte, seine Augen.

Er lächelte mich lüstern an, ich grinste gleichgültig zurück.

»Oh, hallo«, sagte er.

»Hallo«, antwortete ich.

»Wer sind Sie?«, fragte Nora, während ihr Blick in der Küche nach einer handlichen Waffe Ausschau hielt.

»Vehzeihen Sie«, erwiderte der Chinese, »ich bin japane, und de wundesahne duft, de aus den tiefen ihe wohnung stöhnt, hat mich an ihe tüh gelohkt.« Er erhob sich aus dem Schuhaufen, wischte sich mit der Hand den Speichel vom Mund und reichte sie mir zum Gruß, während sein Blick weiterhin Nora anhimmelte. »Ich heiße benjamin, benjamin kajabassi, saggen sie, susse fau unsee täume, diese glasiete duhft nach choshi-pilz und hoobo-schnecken, deh meine nase so seh mit heimweh ganiet, ist nicht zufällig das cuvetiete ehgebnis ihe ekelen zubeitungskünste?«

»Bitte?« Ich verstand kein Wort und Noras Erröten machte mich misstrauisch.

»Äh, nein ... also, schon«, antwortete sie. So hatte noch nie jemand über ihr Essen gesprochen. »Das ... Gericht ... heißt Sassai Tsurikomiashi, aber ... es schmeckt nicht besonders.«

»Elauben sie?«

Benjamin machte einen tiefen Diener vor Nora und dann einen noch tieferen vor unserem Herd, hob den Deckel vom Wok ab, zauberte aus der Innentasche seiner schwarzen Lederjacke ein paar Essstäbchen und machte sich gierig über den Seifenbrei her. Nora stand staunend da und schaute dem geheimnisvollen Fremden zu, der in ihrer Küche im Stehen und hektisch mampfend auf den Fußboden kleckerte. Irgendeine innere Stimme in mir schlug vor, eifersüchtig zu werden, aber sie wurde von einer Überzahl anderer innerer Stimmen niedergebrüllt, denen alles egal war und die lauthals nach mehr Johanniskraut verlangten. Aber die lauteste innere Stimme leistete sich mein Magen.

»Nora, kommst du?«

»Wohin?«

Sie konnte ihren Blick gar nicht von dem Japaner lassen, der mit einer unglaublichen Geschwindigkeit den Inhalt des Woks in sich hinein stabilisierte.

»Zum Italiener. Ich habe Hunger.«

»Geh ohne mich.«

»Ich geh doch nicht zum Italiener, während du dich hier von einem japanischen Charmebolzen in die geheimnisvollen Tiefen asiatischer Kochkunst einführen lässt«, piepte ein einsames Stimmchen, während der Rest der Mannschaft brummte: »Is doch egal, der Chinese! Lass lieber endlich ma losgehen!«

Gleichgültig ging ich die Treppen hinunter, während mein hungriger Magen das letzte Dutzend gelatineummantelter Johanniskrautkapseln knackte. Im Erdgeschoss ließ ich mir noch in aller Ruhe vom schätzenswerten Schubidubidu-Gitarristen einen Schlag in die Nieren mitgeben, überquerte die Straße und winkte freundschaftlich den hupenden Fahrern der notgebremsten Fahrzeuge zu. Beim Italiener las ich mir gründlich und in aller Ruhe die Speisekarte durch, bis man mich bat, doch jetzt bitte zu gehen, man wolle schließen, ich dürfe mir auch ein Exemplar der Karte mitnehmen, gerne auch beim nächsten Besuch etwas bestellen. Ich ging zurück nach Hause, schaute noch kurz beim lieben Herrn Gitarrenvirtuosen vorbei, der mir daraufhin bereitwillig das Nasenbein brach.

Wieder in unserer Küche angekommen, sah ich den Japaner in einer großen Dampfwolke mit freiem Oberkörper und rotgepunktetem Stirnband vor dem Herd stehen und ein japanisches Gebet sprechen. Aus dem Nebel kam Nora in einem weit geöffneten Kimono auf mich zu, kicherte, sagte *Sajonahra!!* und bot mir den Inhalt einer Schüssel an, den ich Not leidend verschlang.

Sichtlich widerwillig trennte sich der Japaner von unserem Herd und verkündete feierlich: »Meine vielen liepen feunde, seit ich in euopa bin, habe ich keine beliepige gastfeundschaft genießen düfen wie in euhem bescheidenen heim. Und mit ihnen, liepe fau Noa, ist mi ein gosses mal gelungen. Wenn ih igend etwas fü mich tun könnt, dann sagt es mi bitte. Wünscht euch etwas, lasst mich euch meine dankpakeit ehwüdig weisen.«

»Kein Problem«, schmatzte ich eifrig aus meiner Schüssel nachladend, »geh hinunter ins Erdgeschoss und töte das egomane Arschloch, das da die ganze Zeit ... Mann, Benjamin, das schmeckt nicht schlecht!«

Benjamin, der Japaner, hatte sich bereits seine schwarze Lederjacke übergezogen, nestelte seine schlanken Finger in Latexhandschuhe, zauberte eine verchromte Soundsovierziger aus seiner Jackentasche, schraubte mit geschickter Sorgfalt einen Schalldämpfer drauf und lächelte mich an. Ich grinste zurück. Nora nahm noch ein Schälchen Reiswein. Benjamin hörte auf zu lächeln.

»Was ist?«, fragte ich.

Nora nahm noch ein Schälchen Reiswein.

»Geh munte ins edgeschoss und töte das egonome aschloch, das da die ganze zeit ... ?«

»... Gitarre spielt?«, bot ich an, hörte die Schritte des Japaners im Treppenhaus, hörte ein Türklingeln, das Verstummen der Gitarre, dann noch ein leises Bumb Bumb, schaute zu Nora hinüber, ihr Gesicht glühte, sie kicherte. Im Treppenhaus herrschte Stille. In unserer Küche herrschte Stille. In unserer Wohnung herrschte Stille.

»Oooh, alle ...«, brabbelten enttäuscht meine inneren Stimmen, meinten aber das Johanniskraut.

Nora biss mir knurrend und mit heißem Atem ins Ohrläppchen, prustete plötzlich los, setzte sich vor mir auf den mit Gemüseresten übersäten Küchenboden und erzählte einer davongekommenen Zuckerschote, dass sie vermutlich einen Schwips habe.

Adornos Elf

»Ey, ihr pseudogelassenen Mittelstands-Yuppies, könnt ihr vielleicht auch etwas leiser auf den Tod warten!«

Es ist Sonntag und er ist unausgeglichen. Er pöbelt zu der nachmittäglichen Kaffeerunde auf dem Balkon vom Nachbarhaus rüber, motzt die Radiomoderatorin an und wird zunehmend hektischer. Die alltäglichen Dinge misslingen ihm, eine Spirale der Gewalt beginnt, er schlägt die Dinge und die Dinge schlagen zurück: die Tür, an der er sich stößt, der Wasserhahn, der ihm auf die Hose prustet, die hinterlistige Biogut-Tonne, die ihr quadratisches Maul genau in dem Augenblick zuschnappen lässt, als er etwas hineinwerfen will. Aber als Nora ihn zum Fußballspielen schickt, gehorcht er und geht artig hinaus.

Nach einer Weile, nachdem sie in Ruhe ihre Arbeiten beendet hat, verlässt auch sie die Wohnung, genießt mit ein paar tiefen Atemzügen den sanften Frühlingstag und schaut sich ein bisschen nach ihrem Freund um. Auf einem staubigen Feld im Stadtpark entdeckt sie ein paar Fußballspieler, die sichtlich von einer Gestalt genervt sind, die ihnen unablässig etwas vom Spielfeldrand zubrüllt. Das ist er. Eine vergewaltigte Chipstüte auf dem Schoß und eine leere Bierflasche in der Hand sitzt er in einem alten Gartenstuhl und kommentiert, die Flasche als Mikrofon, das Spiel:

»Und jetzt Jaspers mit der Nummer zwölf stürmt auf den Keeper des FC Eintracht Dialektik zu, den durch nichts zu beunruhigenden Karl Popper. Da zieht Jaspers ab, gefährlicher Schuss, aber der Karl hält, unser Karl, meine Damen und Herren. Es ist heute einfach kein Durchkommen für 1813 Kopenhagen. Und da kommt schon einer der gefürchteten Konter der Eintracht, Adorno hat jetzt den Ball, gibt ab an Marcuse, da geht Piaget dazwischen – oh, böses Foul. Adorno am Boden, reibt sich die hohe Stirn, aber der Schiri pfeift nicht, lässt weiterspielen, das ist ja unerhört, diese sturen Naturrechtler!«

Nein. Sie wird nicht zu ihm hingehen, um ihn zu fragen, was um alles in der Welt er da tut. Das würde ihm einen moralischen Vorteil verschaffen und die Lage unnötig verschlimmern. Sie wird sich in der Nähe aufhalten, so dass er sie sehen kann, aber nicht sofort, sondern erst, wenn er sich grinsend und auf der Suche nach Beifall in alle Himmelsrichtungen umschaut. Dann wird er sie bemerken und an seinem Blick und dem kurzen Anflug hysterischer Panik, die ihm die untrainierten Knie weich werden lässt, wird sie ablesen können, wie sein Gehirn in absoluter Verkennung der Situation versucht, sich innerhalb der nächsten fünf Sekunden irgendeine auch nur halbwegs sinnvolle Begründung für sein geistesgestörtes Benehmen auszudenken. Ein Unterfangen, das sie im Übrigen als ausweglos einschätzt.

Jetzt sieht er sie. Es reißt ihn förmlich aus seinem Gartenstuhl, er grinst, die leere Bierflasche plumpst hinter seinem Rücken in den Sand, schon geht er mit weit ausgebreiteten Armen auf sie zu.

»Nora!«, ruft er aus und sie muss unweigerlich an den Film *Der Pate* denken.

»Nora, stell dir vor, diese jungen Leute dort sind Studenten, da habe ich gedacht, es wäre doch ein Ansporn für sie, wenn sie neben der körperlichen Tätigkeit auch noch etwas geistige Anstrengung ...«

Das hätte er nicht tun sollen, er hätte das Thema nicht aufs Studieren bringen sollen. Zwei Monate später liegt seine Immatrikulationsbescheinigung in der Post, drei Monate später sitzt er in seiner ersten Vorlesung.

Nora hat lange überlegt, welches Fach sie für ihn auswählen sollte. Es durfte nicht zu kompliziert sein, nichts mit Mathematik oder logischen Kausalzusammenhängen zu tun haben, also keine Naturwissenschaften. Außerdem durfte das Fach nicht so vage und unpragmatisch sein, dass er es als Vorwand nutzen konnte, um genau das gleiche gammelige Leben zu führen wie bisher. Damit schieden auch die Geisteswissenschaften aus. Weshalb sie sich dann, nachdem sie beinahe alles auf der Liste der wählbaren Fächer durchgestrichen hatte, ausgerechnet für Sonderpädagogik entschied, wusste sie selbst nicht so genau. Vermutlich versprach sie sich einen gewissen therapeutischen Erfolg davon. Sie spekulierte auf ein irgendwie geartetes Schlüsselerlebnis.

In der ersten Woche geht Nora noch mit in die Vorlesungen und Seminare. Sie will sehen, dass er sich in Teilnahmelisten einträgt, dass er sich zu Vorträgen verpflichtet, dass er einen Bibliotheksausweis und eine Bezahl-Karte für die Mensa bekommt. Er trottet neben ihr her. Mit offenem Mund, still staunend. Die Tage, an denen er so wenig sagt wie an diesem, sind selten genug. Sie zeigt ihm die Mensa. Doch die Mensa ist voll. Nora beobachtet ihn, sein neugieriger Blick, gerne würde er noch etwas hier bleiben, längst ist er in einer anderen Welt, längst spielen sich Szenarien in seinem Kopf ab, von denen er ihr später erzählen wird. Er wird eine seiner albernen Geschichten daraus machen, und er wird vor allem genügend unterbelichtete Halbstarke finden, denen er daraus vorlesen kann und die darüber lachen und ihm applaudieren.

Aber trotz allem würde sie jetzt gerne mit seinen Augen sehen. Das Lächerliche liegt in den Details, es sind die Kleinigkeiten: das Lungenhaschee von nordukrainischen Schafen an der Essensausgabe Eins zum Beispiel, oder die naiv begeisterte Ankündigung des Studentenwerks, eine afrikanische Woche veranstalten zu wollen, mit Hirsebrei und folkloristischer Bühnenshow. Oder dieses ekelhafte Schlangestehen der Studenten. Ekelhaft ist nicht, dass sie sich hintereinander anstellen, ekelhaft ist, wie sie sich krampfhaft darum bemühen, sich deutlich und für alle sichtbar vom Anstehen zu distanzieren.

Dreihunderttausend Studenten, und jeder durch und durch ein Individuum. Um das zu beweisen, stellen sie sich nicht in einer Reihe an, sie stellen sich einfach irgendwo hin, andere Mitesser, die schon fertig sind, drängeln sich mit ihren schmutzigen Tellern durch die Geschwulst der Anstehenden hindurch, alle ignorieren einander, sie gehören nicht zusammen, sie gehören nicht hierher, jeder in der Schlange ist etwas Besseres. So stehen sie da, alle mit dem Selbstbewusstsein, so ziemlich das Größte zu sein, was die deutsche Nation hervorgebracht hat, doch wenn es ein Essen für zwanzig Cent gäbe, würden sie es essen.

Nora schaut auf ihren Freund, der fasziniert seine Augen saugen lässt, während seine Sinne den Raum scannen. Sie ist fasziniert von seiner Faszination. Sie selbst hat nur noch Verachtung für all diese käferartigen Menschlein übrig. Es krabbelt! Tausende Studenten krabbeln durch die Flure, krabbeln zum Trog, um zu fressen, krabbeln in die Vorlesungen, krabbeln in die Seminare, wo sie sich stapeln, wo es eng ist, wo ihre Chitin-Panzer an den abwaschbaren Wänden entlangschaben und ihre dreisten Fühler aufdringlich nach dem Geschlecht des Nachbarn tasten. Nora läuft es kalt den Rücken runter.

Sie gehen in die Cafeteria, laden sich jeder ein wabbelig feuchtes Brötchen mit eingetrocknetem Käse für drei Euro auf den Pappteller, dazu einen wässerigen Kaffee – für die Tasse, in der er schwimmt, bezahlt man Pfand. Sie setzen sich an einen Tisch, Nora seufzt auf. Sie will ihren Fehler eingestehen. Er müsse nicht hier bleiben, sagt sie, es sei schon in Ordnung, wenn er nicht zur Uni wolle.

»Ach was«, sagt er, »ich find's hier super!«, und beißt in das Gummibrötchen, das federnd nachgibt, sich nicht zerbeißen, sondern nur zerreißen lässt; er macht das Geräusch eines Hundes dazu, er knurrt, hält das eine Ende des Brötchens mit seiner Pfote auf dem Tisch fest, bellt es an, packt wieder zu, zerrt und reißt und zerfleischt es wie eine Bestie. Die gesamte Cafeteria schaut ihm dabei zu.

Normalerweise würde Nora sich jetzt demonstrativ an einen anderen Tisch setzen und hinter einer aufgeschlagenen Zeitung verschwinden. Doch hier und heute gefällt ihr seine Albernheit, am liebsten würde sie mitspielen, ihn als sein Frauchen an die Leine legen, ihn zurück auf den Fußboden schicken oder mit ihm um das lächerliche kleine Brötchen kämpfen.

Die armen Sonderpädagogen, denkt sie, die Juristen hätten ihn mehr verdient.

Im Stadtbad

»Du kannst hier nicht mit rein«, sagt Nora, als ich ihr, wie stets in meinem Leben, folgen will.

»Warum nicht?«

»Das ist die Kabine für die Frauen.«

»Es gibt getrennte Kabinen?«

»Natürlich.«

Wir sind gerade glücklich mit unserer Strichcode-Karte durch die Sicherheitsschleusen gekommen und stehen jetzt vor dem großen Unterwasserfenster im Eingangsbereich des Schöneberger Stadtbades. Eine zirka dreißigjährige Frau mit breitumrandeter Ich-trage-mein-Selbstbewusstsein-auf-der-Nase-Brille steht da und schaut mich misstrauisch an. Um sie herum ein gutes Dutzend Kinder. Nicht misstrauisch, aber mit dem für Kinder typischen Interesse an sozialen Abweichungen schauen auch sie mich an.

Da ich immer ein gutes Verhältnis zu Kindern hatte, beginne ich eine Unterhaltung: »Das ist doch schade, findet ihr nicht, dass Frauen und Männer in unterschiedliche Kabinen müssen.«

Die Kinder kichern, die Betreuerin zürnt. Einige Jungen stimmen mir lauthals zu. Die Betreuerin setzt den Blick ihres Lebens auf. Die Mundwinkel zeigen nach unten, der Blick nach oben, die ganze Welt ist eine Kindergartengruppe und sie ist die einzige Erwachsene auf dem Planeten, ausgerechnet sie mit ihrer Schäufelchen-Allergie hat den Auftrag erhalten, an alle Kinder der Welt Sandkastenspielzeug zu verteilen. Ich kann den Hass spüren, der in der Betreuerin emporsteigt. Ganz so wie man es ihr beigebracht hat, vermag sie ihn aber geschickt auf ihre Schützlinge umzulenken, indem sie einige der Mädchen anschnauzt, sie sollten sich jetzt endlich die Schuhe ausziehen.

»Wer zuerst fertig ist!«, ruft Nora mir zu und verschwindet im Frauentrakt. Die ganze Kindergartentruppe, samt Betreuerin, ist stumm vor Erstaunen ob der pädagogischen Raffinesse meiner Lebensgefährtin.

Die Jungs und ich lassen die pädophobe Erzieherin vor dem Unterwasserfenster zurück und patschen bar- und plattfüßig in den Männerbereich, während ich meinen neuen Kumpels von den Zeiten erzähle, als Männer und Frauen noch keine Angst voreinander hatten. Sie signalisieren mir, dass sie gerne mehr über dieses Thema erfahren würden, zumal von einem alten Hasen wie mir. Während ich ihnen gerade erzähle, wie man BRAVE Mädchen WILD macht, wobei ich mich auf meine Erfahrungen bei der Lektüre des gleichnamigen Men's Health Sonderhefts stütze, in dem ich einmal einen ganzen Nachmittag bei Hertie in der Grabbelbuchabteilung gelesen hatte, bis ein Kaufhausdetektiv mir empfahl, das Heft zu kaufen – ihm hätte es auch sehr geholfen –; als ich also gerade dabei war, die soziale Reife der Jungs durch meine Ausführungen voranzutreiben, um ihnen so die ihnen noch bevorstehenden schlimmsten Jahre der Verstörtheit zu ersparen, hören wir ihre professionell angestellte Erziehungsbremse bereits von der Schwimmhalle aus nach ihnen rufen.

Wir gehen hinein. Nora wartet schon auf mich.

Als wir die Halle betreten, erregt meine Gefährtin, wie stets bei solchen Anlässen, allumfassendes ungeordnetes Aufsehen. An Noras strahlende Attraktivität gewöhnt, die durch das Tragen eines Badeanzugs die Grenzen dessen überschreitet, was gewöhnliche Männer auszuhalten in der Lage sind, kann ich mir in aller Ruhe die jetzt um uns herum sich epidemisch ausbreitenden Unfälle anschauen. Im Nichtschwimmerbecken erstarrt ein

Spaßvogel beim Anblick Noras zu einer tropfenden Disneyfigur und vergisst die scherzhaft von ihm unter Wasser gehaltene Freundin wieder an die Oberfläche zu lassen. Am Kiosk presst ein erfolgreicher Kaufhausmanager seiner heimlichen Geliebten eine Portion Pommes mit Majo ins Dekolleté und im Solebecken beginnen drei Berufsschüler eine unschöne Schlägerei mit ihren Freundinnen aus der Steinmetz-Klasse. Doch unsere Aufmerksamkeit gilt dem Dreimeter-Sprungbrett, von dem aus ein Bodybuilder, der das Brett bereits athletisch zum Federn gebracht hat, zu Nora herüberschaut, dabei aber dem Brett die nötige Aufmerksamkeit versagt, wobei das Brett nun seinerseits die Gelegenheit ergreift und ein wenig mit dem vermeintlichen Boliden zu dribbeln beginnt: mit einem leichten Schwinger das Stück Mensch etwas nach vorne. Jetzt die Füße vorbeilassen und den Arsch mit einem satten Klaps in Empfang nehmen. Noch einmal mit Schwung eine Schraube, dreifacher Lutz, sanfter Schlag auf den Hinterkopf und eleganter Abschwung zum Einmeterbrett, das, etwas überrascht, den präzisen Pass gerade noch mit der äußersten Kante erreicht und den atonischen Astralkörper mit einem geschickten Schlenzer drüben im nur fünfundzwanzig Zentimeter tiefen Babybecken zum Touch-down ablegt.

»Ich geh rutschen«, sage ich zu Nora.

»Jaja, geh nur«, antwortet sie und ästhetisiert einen unglaublich anmutigen Köpper in das triste Fliesengrau und Fleischweiß des Arenenrunds, wobei ihr Sprung im gestreckten Abflug vom Startblock einfriert, sich ihre ausgestreckten zwei Meter fünfzig Körperlänge parallel zum Azur des Beckenwassers hinziehen und mit diesem als Äther eine auf dem Kopf stehende Landschaft mit blauseidenem Horizont bilden. Jetzt schwenken Halle, Becken und Nora in ihrem kristallinen Zustand zügig um neunzig Grad, so dass wir die konzentriert symmetrischen Züge ihres Gesichts sehen können, ihre geschlossenen Lider verbergen den sonst alles und jeden erweichenden Blick, ihre gestreckten Finger weisen auf uns, wir spüren die Kraft, die in jeder Faser pulsierend wartet, dass das Freeze aufgehoben wird und der Film weiterläuft. Doch ist es gerade das, was wir fürchten, da unsere Augen saugend glauben, noch nicht genug und niemals genug gesehen zu haben.

»Abgefahren«, sagt jemand neben mir, »das ist ja wie in Matrix.«

Einer meiner jungen Schüler aus der Umkleidekabine. Er hat schnell gelernt, denke ich mir. Zögernd, mit dem unbestimmten Gefühl, irgendetwas könne befremdlich an dem Jungen sein, blicke ich wieder hinüber zum Becken, doch Nora ist bereits abgetaucht und verschwunden und anstatt ihrer steht ein fleckiges, papierhäutiges Anschauungsobjekt für medizinische Argumentationen über die Folgen des Rauchens auf dem Startblock, bereit, sich faltig und tränensackig ins angewidert zurückweichende Wasser fallen zu lassen. Obwohl als solche nicht eindeutig zu identifizieren, gehe ich einfach mal davon aus, dass es eine Frau sein soll, die sich da so erbarmungswürdig der Illusion hingibt, es gäbe irgendeine Art sportlicher Betätigung, die ihr jetzt noch helfen könnte. Vor fünfzehn Jahren mag ihr idealistischer Liebhaber sie noch gewarnt haben, wenn sie weiterrauche, sei sie mit vierzig ganz gewiss hässlich. »Ach«, mag sie mit der Gelassenheit ihrer damals unverbrauchten Jugend geantwortet haben, »mit vierzig bin ich innerlich schön.«

»Na, dann hoffen wir mal, dass es drinnen bleibt!«, rufe ich etwas zu laut, so dass die kurzatmige Rußlunge erschrickt und ihren zweifellos grandios geplanten Startsprung zum linkslagigen Rippenpreller versaut.

Ich gehe hinüber zur Rutsche. Es ist eine riesige, lange, schleifenreiche Rutsche, die in einem vom übrigen Schwimmbad abgetrennten Raum beginnt, an der Außenseite des Gebäudes entlangführt, sich in Schlingen schlängelt und in Windungen windet, verschiedene Stadtteile kreuzt, ein Stück weit die Autobahn Richtung Dresden begleitet, dann aber bei Potsdam abknickt, zurück nach Norden führt, in einem Looping über dem Grunewaldsee noch einmal Schwung aufnimmt und im

Keller des Schöneberger Stadtbads direkt vor dem Unterwasserfenster ankommt.

Oben, am Einstieg der Rutsche, Hunderte von Metern über den Dächern Berlins hängt ein Schild:

Heute:
De-adoleszendierendes
Rutschen!

Ich denke mir nichts dabei, nehme Schwung und lasse mich in die Röhre fallen.

Was sollte das wohl heißen?

Ich schaute mich um, nein, hier war eigentlich alles wie immer. Die Geschwindigkeit schien normal zu sein, die Farbe des Wassers, die Farbe der Röhre, die Farbe meiner Haut. Ach, was soll's, wird schon nichts sein.

Zwei Stunden später wurde ich aus der Endöffnung der Röhre katapultiert und klatschte gegen das Unterwasserfenster, hinter dem lauter Mütter standen und ihren Lieben zuwinkten, die nach mir gegen die Scheibe knallten. Beim Herausklettern aus dem Wasser bemerkte ich, dass ich offenbar jünger geworden war. Sinnigerweise gab es Spiegel in diesem Teil des Schwimmbads und mein Spiegelbild verriet mir, dass ich so in etwa zehn bis zwölf Jahre alt war. Und dass mir meine Badehose zu groß war, das verriet es mir auch.

Oben in der Schwimmhalle hielt Nora bereits Ausschau nach mir. Ich ging zu ihr, streckte meinen Arm empor und pikste ihr meinen Zeigefinger in den Bauch.

»He, Nora«, fiepste eine mir fremde Stimme, »kaufst du mir Pommes?«

»Lass das, du Zwerg«, antwortete sie, hob mich empor und schleuderte mich ins Becken. Wie ein Hund strampelte ich an den Beckenrand und bedachte meine Lage.

Ich war also ein Kind, Nora erkannte mich nicht, niemand wusste, wer ich war. Das hieß ja wohl, dass ich von jeder Verpflichtung befreit war, ich konnte tun und lassen, was ich wollte. Voller Tatendrang schaute ich mich in der Schwimmhalle um und stellte sehr schnell fest, dass es hier drinnen nichts gab, was ich nicht auch als Erwachsener hätte tun können. Ich musste also nach draußen gehen.

Als ich in der Umkleidekabine den Spind mit meinen Sachen öffnete, wurde mir klar, dass mir keines dieser Kleidungsstücke auf irgendeine auch nur halbwegs hinnehmbare Art passte. Ich fing an zu heulen. Na großartig, meine seelische Belastbarkeit war in dieser teuflischen Rutsche offenbar ebenfalls geschrumpft worden. Zu allem Überfluss meinte jetzt auch noch irgend so ein Psychologiestudent oder Sozialpädagoge, mir helfen zu müssen. Er fragte mich, wo denn mein Papa sei und solche Sachen. Ich zog meinen Schnodder hoch und sagte ihm halbwegs von unten her direkt ins Gesicht, was ich von seiner Berufs- und Neigungsgruppe so hielt. Mit Freude registrierte ich, dass mein Wortschatz nicht im Geringsten unter der Verjüngungskur gelitten hatte.

Wenn ich bedenke, was ich alles hätte ausrichten können, wenn ich nur aus dieser Schwimmhalle herausgekommen wäre, ich hätte den gesamten Erziehungssektor aufgeräumt, ich wäre von Schule zu Schule gewandert und hätte all den lieben Lehrerinnen den Garaus gemacht, ich hätte Kinderaufstände organisiert, Schutztruppen aufgestellt, die brutale Eltern töten, Zielgruppen-Rache an Werbeagenturen geübt, ich hätte Kultusminister blamiert, Idole eingestürzt, den Straßenverkehr zum Erliegen gebracht, Erzieherinnen verklagt, Grundschullehrerinnen misshandelt, Blockflöten und bescheuerte Liederbücher verbrannt, und Michael Schanze hätte ich nackt durch eine rheinland-pfälzische Fußgängerzone getrieben, zusammen mit dieser Tussi von der Mini-Playbackshow.

Ich, wir Kinder, wir wären über dieses Land gekommen und hätten mit derart harter Hand regiert, dass man uns niemals wieder verarscht hätte, niemals wieder überheblich angegrinst, niemals wieder ignoriert, genötigt, gefoltert, gezwungen, belogen, geschlagen oder mit unserer Zukunft erpresst hätte. Und ich hätte – um diesen Text endgültig ins Sozialkritische abrutschen zu lassen –, ich hätte ein Gesetz erzwungen, das es anderen als uns, den Unter-Sechzehn-Jährigen, verbietet, sich wie Unter-Sechzehn-Jährige zu benehmen.

Gut.

Ruhig bleiben. Das konnte ich eh alles vergessen: Mir fehlte für diesen Anlass schlicht die passende Kleidung. Frustriert ging ich zurück in die Schwimmhalle. Da Nora bereits gegangen war, versteckte ich mich in einem der Schließfächer und wartete, bis die Nacht hereinbrach und das Schwimmbad geschlossen und verlassen war.

Ich irrte durch die dunklen, chlorverseuchten Gänge und überlegte mir einen Plan, als plötzlich ein anderer Junge vor mir stand.

»Scheiße nochmal, hast du mich erschreckt, mein Gott, sag mal spinnst du, in meinem Alter ist das nicht lustig, ich hätte draufgehen können. Jetzt schau nur, was du angerichtet hast«, krächzte der Junge und schaute an sich runter, »ich hab eingepullert, das ist mir bestimmt seit dreißig Jahren nicht mehr passiert.«

»Aha, verstehe«, sagte ich verständnisvoll, »Deflorations-Rutschen.«

»Ja, verdammt!« Wir schwiegen beide einen Moment, während der Junge an dem Seepferdchen-Aufnäher seiner Badehose herumpulte. »Naja, ich muss jetzt jedenfalls zurück.«

»Zurück? Wohin zurück?«

»Na zurück in mein verschissenes vierzigstes Lebensjahr, was glaubst du denn?«

»Geht das denn?«

»Natürlich geht das, wir müssen einfach wieder die Rutsche hochklettern. Also, das vermute ich zumindest.«

Wir gingen durch die Flure, Treppen hinunter, verliefen uns ein paar Mal, gerieten in ein geheimes Organ-Entnahme-Labor der russischen Mafia, aber das jetzt auch noch zu erzählen …?

Auf dem Weg zum Ausgang der Rutsche reichte mir der Junge seine kleine klebrige Hand.

»Hatlischek, Manfred Hatlischek, kannst Freddie zu mir sagen. Sag mal, warst du nicht der Typ mit dieser abgefahrenen Braut aus dem Film vorhin?«

»Äh, ja, woher weißt du?«

»Hab dich an deiner Badehose erkannt.«

Es ist bereits hell draußen, als Freddie und ich ganz am Ende oben am Anfang der Rutsche ankommen. Wir sind völlig entkräftet und liegen uns einen Moment lang weinend in den Armen. Dann wird uns klar, wie idiotisch das aussieht, wir lassen uns los und gehen schweigend zu den Umkleidekabinen.

Freddie ist ein dicker, schlaffer, blasser Mann, der visionslos durch sein Leben geht. Manchmal sehe ich ihn zufällig auf der Straße, aber er erkennt mich nicht. Um das Stadtbad Schöneberg macht er stets einen weiten Bogen, genau wie ich.

Kreuzberger Reigen

»Wir treffen heute Abend Hanna, Susi, Lucy, und Jessi«, sagte Nora, meinte damit aber nicht die Säuglinge der Nachbarfamilie, sondern andere Dreißigjährige. Eigentlich meinte sie damit Hanna und Klaus, Susanne und Lutz, Lucy und Jan und Jessica und Michael. Es ist allerdings durchaus nicht nötig, alle einzeln aufzuzählen, vielmehr handelt es sich um vier Pärchen, sagen wir vier Paare, die immer überall zusammen in Erscheinung treten, immer zu zweit – ist die eine da, ist es auch der andere, fehlt die eine, ist auch der andere fort. Spricht man also von einem, meint man immer beide. So ist das bei Dreißigjährigen eben, dachte ich lakonisch, aber an diesem Samstagnachmittag, an dem ich dies dachte, ahnte ich noch nicht, dass der Samstagabend eine Revolte nie gesehenen Ausmaßes für uns bereithalten sollte.

Wir fuhren mit Noras Jaguar aus unserer Hochsicherheitswohnanlage nach Kreuzberg. Nora bestand darauf, weil die Nachtbusverbindung so schlecht sei und weil sie am nächsten Tag wieder früh raus müsse. Mit einer solchen Limousine nach Kreuzberg zu fahren, hielt ich für Wahnsinn. Man musste doch das Schicksal nicht unnötig herausfordern. Als wir am Kottbusser Tor abbogen, drückte ich auf die Türverriegelung.

»Du spinnst«, meinte Nora, und lenkte ihr chauvinistisches Gefährt in die Adalbertstraße. In der dunkelsten Gasse Kreuzbergs parkten wir, neben einem Käfig, in dem offenbar schwer erziehbare Jugendliche zum Fußballspielen gezwungen wurden. Wir stiegen aus und ich befestigte einen Zettel an der Scheibe der Beifahrertür.

»Dies ist ein Wagen der russischen Mafia!«, stand in warnenden, das Kyrillische imitierenden Buchstaben darauf. »Die Gesetze der Straße«, erläuterte ich, aber Nora war schon losgegangen und ich musste mich beeilen, hinterherzukommen. Kurz bevor wir die Kneipe erreichten, in der wir unsere dreißigjährigen Bekannten treffen sollten, überprüfte ich – als Noras Leibwächter – noch einmal den Sitz meiner Waffe im Halfter unter meiner linken Schulter und tastete kontrollierend nach dem kleinen Kopfhörer in meinem Ohr.

Dann gehen wir hinein.

»Wir gehen jetzt rein«, flüstere ich in das versteckte Mikrofon in meinem Jackenkragen. Nora wirft einen warnenden Blick nach mir, und ich signalisiere mit erhobenen Händen, dass ich mich ab jetzt normal und reif verhalten und mich am Alltagsleid anderer interessiert geben werde. Es beginnt der langweilige Teil des Abends. Denke ich. Aber alles kommt anders.

Anstatt Hanna, Klaus, Susanne, Lutz, Lucy, Jan, Jessica und Michael sitzen heute nur Hanna und Michael, Lutz und Lucy und Jessica an unserem Tisch.

Es herrscht Stille, wo sonst gut gelaunt Belangloses diskutiert wird.

Irgendetwas stimmt nicht. Ich zähle kurz nach und stelle fest, dass fünf von uns fehlen. Das sind zu viele, als dass sie gerade mal kurz auf der Toilette verschwunden sein könnten.

Mit den Worten: »Ihr habt wohl die Sitzordnung geändert!«, versuche ich die Stimmung etwas aufzulockern, ahne aber nicht, dass ich die gemeinsame prekäre Lage unserer Bekannten nicht besser hätte auf den Punkt bringen können.

Um die Situation noch zu verschärfen, kommen jetzt Michael und eine fremde Frau von der Toilette zurück, beide mit geröteten Gesichtern.

»Das ist Ute«, stellt Michael sie vor. Die beiden setzen sich links und rechts zu Hanna und signalisieren in penetranter Deutlichkeit: Wir drei gehören zusammen!

Jessica stellt Nora und mir Frauke vor, die gerade reingekommen ist und Jessica den Rücken streichelt. Hier hat irgendeine Orgie stattgefunden, schießt es mir durch den Kopf, und Nora und mich haben sie nicht dabeihaben wollen.

Jetzt fragt Nora Hanna nach Klaus. Seltsamerweise antwortet Lucy, dass der mit Susanne auf den Malediven sei. Susanne ist oder war die Freundin von Lutz, der jetzt seinen Arm um Lucys Schultern legt.

»Und Jan?«, erkundigt sich Nora.

»Der holt noch Thorsten ab.«

Ich bin in einem Fassbinder-Film, denke ich. Vor einer Woche noch waren Jan und Lucy zusammen und haben uns mit Details über die Auslegeware für ihr neues Eigenheim gelangweilt, doch als Jan jetzt mit Thorsten im Arm hereinkommt, reagieren alle, als wären die beiden das älteste Paar der Stadt.

»Wir haben eine seltsame Grenze überschritten ...«, plappere ich vor mich hin. Es war Tom Hanks, der das gestern Abend im Fernsehen im Film »Der Soldat James Ryan« gesagt hat. Offenbar hatte auch er Kenntnis von den ungewöhnlichen Vorgängen in unserem Bekanntenkreis. Ich mache eine Zeichnung auf einem Bierdeckel, um mir die neuen Verbindungen visuell zu verdeutlichen: Klaus, der mit Hanna zusammen war, ist jetzt mit Susanne, ich ziehe einen Kreis um die beiden, versehe den Kreis mit einem Sternchen und notiere in Form einer Fußnote: nicht anwesend. Lutz, war mit Susanne, ist jetzt mit Lucy, Lutz und Lucy, das ist leicht.

Jan, anstatt mit Lucy, jetzt mit Thorsten, Jessica, die eigentlich mit Michael, ist jetzt mit Frauke zusammen. Und Michael hatte offenbar sowohl Ute kennen gelernt als auch Hanna getröstet. Was für ein Quatsch.

Vor einer Woche noch waren sie die langweiligsten Dreißigjährigen zwischen Kanal und Ural, die angstvoll aneinander geklammert ihr im Voraus geplantes Leben absolviert hatten, die pünktlich ihr Studium beendet und alle ganz tolle Berufe hatten: Werbetexter, Großhandelskauffrau, Redakteurin beim Brandenburgischen Kurier, Innenarchitekt bei Ikea und so weiter. Und jetzt plötzlich, in einer Art Endzeitkatastrophe, einem kleinbürgerlichen Armageddon inszenieren sie hier ihren kleinen, verklemmten Reigen, bäumen sich quichotterös gegen den Alltagsautismus ihrer eheähnlichen Lebensgewohnheiten auf, entsagen in der abrupten Kehrtwende einer einzigen Woche ihrer inneren moralischen Statik aus trivialen Verhaltensmaximen wie der vom Weg des geringsten Widerstandes und treiben es quer durcheinander wie barocke Bauernfürsten.

»Lass uns verschwinden«, flüstere ich Nora zu, aber sie wehrt ab.

Interessiert lässt sie sich von Hanna über das Wunder ihrer neu entdeckten Bisexualität informieren. Ich bekomme Angst, höre aber auch gebannt zu. Hanna scheint uns in so eine Art Therapieversuch zu verwickeln, sie erzählt ziemlich detailliert und ausführlich, derweil Michael Ute knutscht. Hatte ich erwähnt, dass Hanna zwischen den beiden sitzt? Jedenfalls rücke ich immer näher an Nora heran. Ich spüre ihre Hand in meiner, sie hält mich fest, als balancierte sie auf einem schmalen Draht, während ich auf festem Boden neben ihr hergehe. Angestrengt verbringe ich eine halbe Stunde damit, diese Metapher zu entschlüsseln, komme aber zu keinem befriedigenden Ergebnis.

Plötzlich steht Nora auf, zerrt mich vom Stuhl. Ja, sie müsse morgen früh raus. Allgemeines freundliches Verabschieden. Kurz, aber tolerant gebe ich Thorsten die Hand. All unsere Bekannten und ihre neuen Freunde scheinen plötzlich entspannt und gelöst.

»Na, unseren Segen habt ihr«, sage ich nicht, denke es nur, aber da sind wir schon draußen, im wilden Kreuzberg.

Als wir wieder in Noras Jaguar sitzen, ringe ich nach Worten: »Nora, lass uns, sofort, wenn wir zu Hause sind, ich will ...«

»Ja«, platzt es aus ihr heraus, »ich will es auch, ich will es auf dem Küchentisch probieren und in der Badewanne ...«

Wir waren verwirrt und durcheinander, Nora und ich.

Plötzlich hatte uns panische Angst ergriffen, Angst, *wir* könnten diejenigen sein, die als Durchschnittsspießer in das dritte Jahrzehnt ihres Lebens eintreten. Es folgte die aufregendste und anstrengendste Nacht unseres Lebens. Wir kämpften darum, uns selbst davon zu überzeugen, dass wir die Besten wären, ideale Partner, dass es dort draußen niemanden gäbe, der an uns heranreichte, dass alles, auch dieses spontane, lächerliche Mixed-up unserer Bekannten, nur langweilig und synthetisch war, gegenüber dem, was wir uns auszudenken in der Lage waren.

Als es vor unserem Schlafzimmerfenster hell wurde, meinte Nora, sie könne sich nicht vorstellen, dass es bei Hanna, Susi, Lucy und Jessi lange so bliebe. Das sei nur eine kurze Flucht gewesen, die seien alle viel zu sehr aneinander gewöhnt.

»Bald ist bei denen alles wieder beim Alten«, sagte sie.

»Ja, nur wir werden immer so wild und aufregend sein wie eh und je«, gab ich erschöpft und schläfrig zur Antwort.

Es war kaum zu glauben, aber für die Dauer einer Nacht hatten unsere zwanghaft korrekten Bekannten es tatsächlich geschafft, Nora und mir einen gehörigen Schrecken einzujagen. Und egozentrisch und selbstverliebt wie wir waren, hatten wir versucht, den Schrecken mit explizitem Sex zu überwinden. Wir hatten nicht für eine Sekunde den biografischen Zusammenbruch bemerkt, der den schweigsamen und orientierungslosen Blicken unserer alten Freunde zugrunde lag, hatten nur an uns selbst gedacht und Panik bekommen. Angsterfüllt hatten wir festgestellt, dass uns der eintönige Hintergrund abhanden gekommen war, vor dem Nora und ich uns so unglaublich unkonventionell und jugendlich ausgenommen hatten.

Anders als von uns erwartet, hatte sich später nichts mehr geändert, zumindest hatten sich keine aufgelösten Verhältnisse bei unseren Bekannten wieder zu den alten Beziehungen zurückentwickelt und es hatte keine Veränderungen des Lebenswandels gegeben. Nach ein paar spannenden Wochen, in denen Nora und ich warteten und wie Voyeure zuschauten, was sich so ergeben würde, waren unsere regelmäßigen Treffen genauso langweilig wie zuvor. Nun gut, der eine hatte sein Coming-out gehabt, die anderen hatten einmal kurz durchgewechselt, das reichte an Aufregung für die nächsten zwanzig Jahre.

Nora und ich verminderten im Laufe der Zeit unser Bemühen um ein möglichst ungewöhnliches Leben. Nora empfand es zunehmend als spießig, winzige, mit Sinnlosem bedruckte T-Shirts zu tragen, und mich langweilten all die humorlosen Soft-Punk-Konzerte. Also hörten wir damit auf, uns wie die Darsteller einer Zigarettenwerbung zu benehmen. Alltag begann, wir verloren unsere Angst und dann wurden wir alle einunddreißig.

Für mich persönlich war das schon seltsam genug.

König der Löwen

»Wenn ihr mich wählt, das verspreche ich euch, werde ich dafür sorgen, dass ihr dem Kapitän wieder vertrauen könnt.«

In Arnis letzte Worte haucht zart eine zagende Brise und durch die komplett auf Deck versammelte Mannschaft geht geräuschvoll ein Luftanhalten, auf dass man nicht mit dem eigenen fauligen Atem den unschuldigen Windhauch aus Versehen vertreibe, der vielleicht die alte Santa Anita auf einen erlösenden Achtelknoten zu beschleunigen vermögen möchte. Alles blickt gespannt zu den bleichen Segeln empor, nur Arni grinst weiter mit seiner Gussbetonfresse in die Runde und kratzt sich genüsslich zwischen den Beinen. Mit dem Rücken zu uns steht der alte Kapitän Huub am Vordersteven und starrt mit unergründlich leeren Augen auf die glatt polierte Scheibe des höhnisch reglosen Ozeans. Die Rossbreiten: Schon seit drei Wochen hängen wir hier fest, machen gute null Knoten und zanken uns wie die Kormorane.

Die Mannschaft ist gespalten: in die Leistungszentrierten auf der einen und die Rationalisten auf der anderen Seite. Die Leistungszentrierten halten – irrationalerweise, wie die Rationalisten sagen – Kapitän Huub für den Hauptschuldigen an der Flaute. Für sie ist so jemand wie Arni genau der Richtige. Er hat es nicht nur hier, sondern auch hier ...

»Na, das war wohl nichts«, sagt Dieter, meint damit aber die inzwischen verendete Windböe und spuckt seinen Priem auf die Bohlen. Dieter, als zweiter Offizier, hat ebenfalls einen Schlüssel zur Waffenkammer.

»Sach mal, Arnold, was glaubstu, was is das wohl, was dich hier jetzt quasi besonners kwa-li-fi-ziert? Erzähl uns doch einfach mal, was du hier – ich sach mal – anners machen willst.«

Dieter ist Rationalist, erkennt man gleich, finde ich.

»Wenn ihr mich wählt, das verspreche ich euch, dann wird alles besser, denn die Santa Anita ist das großartigste Schiff auf den sechs Weltmeeren und sie hat eine großartige und stolze Mannschaft, die zu allem bereit ist und die auch in ...«

Zack! Da schweigt Arnold plötzlich, die Mannschaft verzieht im Schmerz mitleidend das Gesicht, aber obwohl ihm gerade der lose Klüverbaum mit der ganzen Wucht eines launischen Subtropensturms an den Hinterkopf geknallt ist, steht Arni ungerührt auf dem Kajütendach und versucht sein politisches Statement zu Ende zu bringen.

»Was ich genau unternehmen werde, erzähle ich euch, wenn ihr mich gewählt habt!«

Aber niemand hört ihm mehr zu, denn längst rennt alles durch die Gegend, um den neckisch auffrischenden Wind einzufangen und die Santa Anita auf Kurs zu bringen. Und längst brüllt Kapitän Huubs vertraute Stimme die üblichen Befehle übers Deck. Einer davon geht an Dieter und mich, wir mögen uns vom ersten Offizier zwei Vorderlader aushändigen lassen und Mister Schwarzenegger in Ketten legen. Und dann grapscht mir Arni, dieser verblödete Kombüsengehilfe, ins Gesicht und schiebt mir zwei Stangen Knete in die Nase.

»Banane«, sagt er und ich wache auf.

»Ist er nicht süß?«, fragt Nora und streichelt einem kleinen blonden Jungen über den Kopf, der rittlings auf meinem Bauch sitzt und mir mit einem riesigen Plastikschraubenzieher immer noch mehr Knete in die weit gedehnten Nasenlöcher schiebt.

»Ber id gas genn?«, mache ich atemlos.

»Na, das ist doch der kleine Peter, der Sohn von Susanne, wir passen heute auf ihn auf. Na, komm mit Kleiner, Tante Nora macht dir jetzt erst mal Frühstück.«

Tante Nora?

Ich kann unmöglich wach sein. Tante Nora?

Nachdem ich mich geduscht und mir einen Großteil der Knete wieder aus der Nase operiert habe – nur die Nebenhöhlen sind noch verstopft –, darf ich mich zu Tante Nora und ihrem neuen Liebling an den Küchentisch setzen. Ich esse drei Löffel Instantkaffee und eine Packung Gelomyrthol, um die Nebenhöhlen frei zu bekommen. Der kleine Peter zeigt mir, dass er zwei Nutella-Toasts auf einmal in den Mund bekommt und erzählt dabei ununterbrochen von seinem Papa, der Pilot zu sein scheint.

»Wer ist eigentlich Susanne?«, frage ich, während das Gelomyrthol zu wirken beginnt: Die ersten Mentholschwaden steigen aus meinem Magen auf und treiben mir die Tränen ins Gesicht. Ich muss husten, weswegen ich Peters Rekord nicht brechen kann und zwei von den drei Nutella-Toasts wieder ausspucken muss.

Der kleine Peter lacht sich schlapp und ruft: »Getotzt!«

Nora ist wütend, aber da ist sie nicht allein.

»Warum müssen wir auf den aufpassen? Wir haben doch gar keine Zeit für so was.«

Wenn ich motze, reagiert Nora darauf meistens mit eisiger Kälte. Sie wischt dem kleinen Jungen etwas Pflaumenmus aus dem Gesicht und der vergisst ob dieser milden Zärtlichkeit für ein paar Sekunden seinen Papa. Ich werde schlagartig eifersüchtig und Nora weiß das. Eifersucht ist bei mir ein ernstes Problem, sie packt mich schon, wenn Noras nackte Hand in der U-Bahn den Bildschirm eines Fahrkartenautomaten berührt.

Dann schlägt Nora die Zeitung auf und sagt mit tief empfundener Gleichgültigkeit: »Susanne ist – wie du weißt – meine Schwester. Peter ist also mein Neffe und deshalb kümmern wir uns um ihn. Mein Gott, die haben tatsächlich Schwarzenegger gewählt.«

Dann klingelt das Telefon. Der kleine Peter rutscht von seinem Stuhl und rennt zum Apparat.

»Papa Fugzeug«, ruft er begeistert in den Hörer und »Nete getotzt«, sagt er auch noch. Dann legt er wortlos auf. Jetzt haben wir ein elegant gemustertes Schokoladentelefon.

Kurz danach klingelt es an unserer Wohnungstür. Gespannt warten Nora und ich ab, was das liebe Peterle jetzt wohl tun wird, aber Gespräche an der Wohnungstür scheinen kein besonderes Faible von ihm zu sein.

»Gut«, sagt Nora, als verliefe heute alles nach Plan, und geht zur Tür. Währenddessen kämpfen Peter und ich um die letzte Scheibe Toastbrot. Der Junge ist gerissener als ich – und kaltblütiger. Ich nehme seine Drohung, die Müslischüssel über Noras Zeitung auszuleeren ernst und überlasse ihm brummend die geröstete Weißbrotscheibe.

Von der Wohnungstür her drängelt sich aufdringlich die näselnde, aber präzise artikulierende Stimme unserer Nachbarin, Frau Schmidt, durch den Flur bis in die Küche. Ich hasse unsere Nachbarin, sie weckt in mir unangenehme Erinnerungen an meine Grundschullehrerin. Immer spricht sie so, als hätte sie es mit Bescheuerten zu tun und als könne niemand so schnell denken, wie sie spricht. Wenn man den Fehler begeht, einer anderen als ihrer Meinung zu sein, wiederholt sie ihren Standpunkt einfach noch einmal, dabei spricht sie noch viel langsamer und betont die einzelnen Silben noch viel genauer. Jedem Buchstaben eines Wortes gibt sie einen eigenen Laut, weswegen jedes Wort bei ihr doppelt so lang ist als bei normalen Menschen. Schließlich verlangsamt und präzisiert sie ihre Aussprache so weit, dass es notwendigerweise jedem deutschen Muttersprachler das Gehirn verflüssigt. Nora sagt, ich übertreibe. Nora sagt, sie finde Ulla nett und halte sie für eine angenehme Nachbarin. Nora hat sich von Frau Schmidt das Du anbieten lassen. So etwas würde ich nie tun. Ich hasse Frau Schmidt, und dass sie Gesundheitsministerin ist, macht die Sache nicht unbedingt besser.

Ich höre, wie Nora Frau Schmidt verabschiedet und die Wohnungstür schließt. Nora kommt zurück in die Küche und sagt: »Jetzt haben wir ein Problem.« Noras Blick ist ernst,

Stille erfüllt den Raum, selbst das Peterle hört irritiert auf zu schmatzen. »Das sind Ullas Wohnungsschlüssel.«

Ich ahne Böses.

»Wir sollen eine Woche lang auf ihre Katze aufpassen.«

Fünfunddreißig Sekunden später stehen wir im Flur von Frau Schmidts Wohnung.

»Du fasst nichts an, hörst du?«, sagt Nora zu dem kleinen Peter, der artig ihre Hand hält. »Hörst du Frank?«

»Was?«

»Du sollst nichts anfassen.«

»Jaja.«

»Tatze!«, ruft Peter und zeigt sie uns auch. Am Ende des Flurs schleppt sich mauzend ein fleckiges Stück Fell über den Boden. Die Zunge hängt heraus, der Schwanz schleift leblos hinterher, schwer atmend bricht die Katze theatralisch vor uns zusammen und lässt sich auf die Seite fallen wie ein erschossenes Pferd.

»Oh mein Gott, sie stirbt!«, ruft Nora und springt ihr zu Hilfe, »komm Mieze, ruh dich aus, lass dir Zeit mit dem Sterben, kleines Kätzchen. Deine Mami kommt ja bald zurück. Jetzt gibt es erst mal einen leckeren Joghurt.« Nora kniet vor der Katze auf dem Boden, und ich erwische Peter dabei, wie er meiner Freundin auf den Hintern starrt. Nora dreht sich zu uns herum. »Welcher Wochentag ist heute?«

Mir kommt es ernsthaft so vor, als würde sie den kleinen Peter danach fragen. Aber er antwortet nicht, also sage ich, nicht ohne Stolz: »Es ist Samstag, Nora.«

»Dann bekommt sie Pfirsich.«

»Was?«

»Sie bekommt einen Pfirsich-Joghurt. Es gibt für jeden Tag eine andere Sorte und man muss sich genau an die Reihenfolge halten, Ulla hat es mir erklärt.«

In der Zeit, in der Nora die verwöhnte Katze füttert, haben Peter und ich Gelegenheit, uns ein bisschen in der Wohnung umzusehen. Einem altmodischen Klischee folgend, gehe ich ins Schlafzimmer, während sich Peter für das Badezimmer entscheidet. Im Schlafzimmer steht ein breites Doppelbett mit dunkelroter Bettwäsche. Am Kopfende hängt eine nackte Haremsdame von Delacroix. Dann schaue ich nach oben und erleide einen schweren Schock. Ich kann nicht verhindern, dass sich ein kurzer Aufschrei aus meinem Hals löst, und wie Martin Luther gehe ich mit angsterfüllt emporgerichtetem Blick in Ulla Schmidts Schlafzimmer auf die Knie. Über dem Bett der Gesundheitsministerin hängt ein riesiger Spiegel, aus dem heraus ich mich selbst ängstlich anstarre. Ich kann nicht anders, ich würde sie gerne vertreiben.

»Geht weg!«, sage ich. »Geht weg!« Aber meine Gedanken sind unerbittlich: Ich stelle mir Ulla Schmidt vor, wie sie sich als Haremsdame verkleidet auf dem Bett räkelt, während ihr ein karrieregeiler Jurastudent am großen Zeh lutscht. Schnell laufe ich hinaus und rufe nach meiner Freundin, der stärksten Frau der Welt, die mich vor allem Übel beschützen wird.

»Komm, lass uns schnell gehen«, sage ich.

»Was hast du denn? Du bist ja ganz blass.«

»Ach, das ist nichts weiter, komm, wir gehen.«

»Und wo ist Peter?«

Aus dem Bad kommt das Geräusch fließenden Gewässers. Die Wanne ist bis zum Rand voll, aber Peter ist nicht da. Nora geht los, um ihn zu suchen, ich laufe ihr immer hinterher, wie gerne hätte ich es, wenn sie jetzt meine Hand nähme. Als Nora auch im Schlafzimmer nachschauen will, halte ich sie zurück:

»Nein, geh da nicht rein!«

Aber da ist sie schon drinnen, steht mitten im Zimmer, schaut auf die nackte Haremsdame und spürt – genauso wie ich – den Drang, nach oben blicken zu müssen.

»Oh, là là!«, ist das Einzige, was sie sagt. Sie betrachtet den Spiegel ganz genau, dann schaut sie zu mir. In ihren Augen schalkt es, dann schlüpft sie aus ihren Schuhen.

In diesem Moment taucht Peter in der Schlafzimmertür auf und sagt: »Ternsehn?«

Er ist in Ullas Wohnung offenbar auf ein paar Walt-Disney-Videos gestoßen. Mich wundert inzwischen überhaupt nichts mehr. Da greift Nora plötzlich nach meiner Hand und schaut mich an. Ich kenne diesen Blick, ich weiß, was er bedeutet.

Das kleine Peterle hält den *König der Löwen* empor und sagt: »Den da.«

Ich spüre Noras Lippen an meinem Ohr und ihre Hand in meinem Nacken. Ich beginne zu zittern.

»Fernsehn?« flüstert Nora in mein Ohr.

»Hier?«, frage ich.

Die Weisheit der Nebelkrähen

Nora braucht keinen Wecker. Sie gehört zu den Menschen, die morgens um halb sieben ausgeschlafen, gut gelaunt und unternehmungslustig aus den Kissen springen, mit jugendlicher Spannkraft vierzig Liegestützen abliefern, nebenher die Wirtschaftskommentare in der FAZ lesen, unter der Dusche Kaffee trinken, und, wenn Omas Geburtstag ist, zwischen Strümpfe-Straffziehen und Bluse-Zuknöpfen noch schnell einen Kuchen backen. Von ähnlich rabiater Zackigkeit ist auch der morgendliche Sex, auf den Nora, wenn es ihr Terminkalender erlaubt, fast immer besteht, von dem ich in meiner morgendlichen Ohnmacht aber so gut wie nie etwas mitbekomme. An diesem Morgen macht Nora noch einen kleinen Scherz und setzt mir die große gelbe Stoffente, die sie mir zur bestandenen Führerscheinprüfung geschenkt hat, auf die Brust, drückt mir ihren breiten Schnabel unter die Nase und fragt mit der Stimme von Duffy Duck: »Und, wie war ich?«

»Du warst großartig, Rebekka«, antworte ich der Ente.

Dann erläutert Nora mir meine Aufgaben und Verhaltensnormen für den heutigen Tag und hält einen kurzen Vortrag über die enorme gesellschaftliche und berufliche Bedeutung einer für diesen Abend angesetzten Festveranstaltung im Kronprinzenpalais. Später wird es heißen, das Wort »Wohltätigkeitsgala« sei bereits an dieser frühen Stelle gefallen. Ich jedenfalls habe es im Halbschlaf, zusammen mit allen anderen Anweisungen meiner geschäftsmäßigen Quasi-Gattin, sofort wieder vergessen. Dann jagt Nora mich aus dem Bett und schickt mich zum Brötchenholen.

»Aber zieh dir diesmal etwas an! Du weißt, was das letzte Mal passiert ist!«, ruft sie mir nach, als ich schon im Treppenhaus stehe.

Draußen stürmt es und der Bäckerladen ist voll mit alten Damen, von denen sich jede umständlich ein Stückchen Kuchen aussucht. Als endlich ich an der Reihe bin, sind die Kuchenbleche leer gefegt, nur die Stücken für Diabetiker sind noch übrig, aber ich will ja sowieso Schrippen kaufen.

Auf dem Heimweg werde ich langsam wach und mir fällt ein, dass ich ja ein berühmter Textkabarettist bin, der dringend eine neue Geschichte braucht. Vor mir her wackelt, leicht in den Wind gelehnt, der Konvoi erdfarbener Regenmäntel, der die älteren Damen aus der Bäckerei zurück in ihre Wohnungen bringt, an jeder hängt draußen dran ein weinrotes Nylonbeutelchen und in jedem dieser Beutel ruht eine süße, von Mürbeteig umbackene Überdosis Raffinadezucker. Beim Überholen mache ich das Geräusch eines beschleunigenden Maserati.

Vielleicht sollte ich über Backwaren schreiben? Über Bäckerinnen? Über Haustüren, Fahrstühle, Hausflure, Wohnungstüren, über unsere Wohnung, Kaffeeduft oder über Nora am Frühstückstisch?

»Ich habe schon lange nichts mehr über dich geschrieben«, sage ich verträumt und in die kurze Stille tropft romantisch ein Klecks Pflaumenmus auf meine Hose.

»Untersteh dich!«, warnt Nora, ihr Abschiedskuss schmeckt nach Zahncreme. »Und denk an heute Abend!«, ruft sie.

Keine Ahnung, was sie damit meint.

Jetzt verlässt die Hauptfigur meines Lebens Wohnung, Haus und Stadtteil, während ich in unserer Küche zurückbleibe und dem zufriedenen Mampfen der Geschirrspülmaschine lausche. Wie soll man denn bloß brandgefährliche und sozialkritisch aufrührende Bühnentexte schreiben, wenn man so zufrieden ist wie ich?

Dennoch setze ich mich entschlusskräftig an Noras Schreibtisch und schalte ihren alten Laptop ein. Ich muss arbeiten! Es klingt ungewohnt, deshalb sage ich es noch mal laut: »Ich muss arbeiten!«

Hoffentlich hat Nora nicht schon wieder die ganzen Spiele aus dem Internet gelöscht.

Doch, sie hat.

Als ein wildfremder Mann ohne Regenmantel auf unserer Penthouse-Terrasse aufschlägt, lautet mein erster Gedanke: »Na, wie gut, dass die so groß ist.«

»Ganz schön windig heute«, sagt der Mann, als ich ihn reinlasse. Er trägt einen feinen, etwas zerknitterten Anzug, der Kragen seines Hemdes ist leicht angelaufen und insgesamt verströmt er den Geruch einer nachlässig gelüfteten Vorstadtkneipe. Er sei vom Allianz-Tower herübergeweht worden, erklärt mir der unscheinbare Fremde.

»So ein Pech, dass Ihr Balkon so groß ist.«

»Tja«, mache ich und zucke mit den Schultern. »Wo wollten Sie denn hin?«

»Einfach nur nach unten«, sagt er, »einfach nur nach unten.« Der Wind heult um die Ecken des Hauses und der Mann betrachtet nachdenklich unsere Terrasse. »Ist heut nicht mein Tag«, stellt er fest.

Ich überlege, ob ich nicken oder den Kopf schütteln soll, lasse dann aber beides bleiben und biete ihm stattdessen einen Kaffee an. Wir unterhalten uns über sein verkorkstes Leben. Es sind ein paar ganz humorige Anekdoten dabei, weswegen ich ihn um Erlaubnis bitte, mir ein bisschen was davon notieren zu dürfen. Er sagt, ihm sei eh alles egal, und nachdem er die erfrischende Wirkung des Kaffees gelobt und seine Tasse geleert hat, meint er, jetzt besser gehen zu sollen, er habe da noch etwas zu Ende zu bringen. Im Übrigen scheine sich auch der Wind etwas gelegt zu haben.

»Ja«, sage ich verständnisvoll, »ich hab auch noch zu tun« und bringe den Fremden zur Wohnungstür. Er erkundigt sich

nach dem Aufgang zum Dach und ich empfehle ihm die West-
seite des Gebäudes.

»Da gibt es keine Balkons und unten ist ein hübscher, kleiner
Park.«

Er bedankt sich höflich und verschwindet.

Jetzt aber schnell zurück zum Schreibtisch! Meine Güte, hab
ich viel zu tun! Seit ich zusammen mit diesen desillusionierten
Straßenmusikanten eine regelmäßige Kabarett-Show mache,
ist mein Alltag extrem arbeitsreich geworden. Ich muss Geschichten schreiben, immer neue und immer noch lustigere,
und das in dieser Stadt, in der absolut nichts passiert.

Auf dem Sims des Fensters vor Noras Schreibtisch sitzen
drei Nebelkrähen. Mit sturmzerzaustem Gefieder hocken sie
da, schütteln und rütteln sich ein wenig zurecht und drehen
dann ihre Köpfe so zur Seite, dass mich jede mit einem Auge
anstarren kann: skeptisch, hochnäsig und abwartend.

»Was wollt ihr?«, rufe ich durch das Panzerglas.

»Nutze!« »Den!« »Tag!«, krächzen sie, jede ein Wort.

»Sehr witzig!«, antworte ich.

Ich muss raus auf die Straße, denke ich, hinein ins echte
Leben! An unserer Wohnungstür hängt ein gelber Post-it-
Zettel:

Denk an heute Abend!

steht da mit dickem roten Edding geschrieben drauf, das Wort
»Denk« ist dreimal unterstrichen.

Verdammt, was war denn heute Abend noch mal?

Ah, denk nach, Frank, denk nach!

Ich spüre jetzt schon, dass es mir nicht mehr einfallen wird.
Das gibt Ärger! In meinen Magen legt sich so etwas wie Prü-
fungsangst. Nora kann in solchen Dingen ziemlich penibel sein,
überhaupt mit allem, was mit Terminen, Verabredungen und
festen Versprechen zu tun hat – ist so eine Macke von ihr.

Ich könnte jetzt natürlich bei Noras Sekretärin anrufen und sie bitten, mal eben in den Terminkalender zu schauen.

»Wissen Sie, ich bin mir nicht ganz sicher, ob meine Frau an den Termin heute Abend denkt«, könnte ich sagen, und die Sekretärin könnte zum Beispiel antworten: »Ach so, Sie meinen bestimmt die Einweihungsparty bei den Simpsons.« Oder: »Heute Abend steht hier nur etwas von Medienerziehung mit F.«, dann wüsste ich, dass ich mit Nora ins Kino gehen muss, um mir irgendeinen hochintellektuellen Schwachsinn in Originalsprache mit Untertiteln anzuschauen. Nora, hält sich auf diese Art gern in ihren diversen Fremdsprachen fit. Und ich muss mitkommen, weil Nora noch immer glaubt, ich könne nicht wirklich flüssig lesen.

Ja, so könnte Noras Sekretärin sein. Aber Nora hat die Oberin eines katholischen Mädcheninternats zu ihrer Sekretärin gemacht, eine Frau, die den Umgang mit Menschen noch in den Beamtenschulen des Kaiserreichs gelernt hat. Die Dame heißt Fräulein Hemmschuh, und sie mit Frau anzusprechen, ist ein lebensgefährlicher Akt der Revolte.

»Hallo, Frau Hemmschuh. Ja, ich hab's vergessen.«

»Das haben wir uns schon gedacht!« Fräulein Hemmschuh spricht mit mir grundsätzlich nur im Plural, weil sie sich für so etwas wie die rechte Hand ihrer Chefin hält. Was eine absurd unästhetische Vorstellung ist, schließlich wiegt Fräulein Hemmschuh in etwa so viel wie Nora und ich zusammen mit der belgischen Putzfrau, die in diesem Augenblick, mit einer originalverpackten neuen Klobürste im Anschlag, die Wohnung stürmt.

»Könnte ich bitte mit meiner Frau sprechen,« sage ich in ernstem Tonfall zu Fräulein Hemmschuh, während mir die Putzfrau, die es aus irgendeinem Grund mag, wenn man sie Betsie nennt, den Stiel der Klobürste zwischen die obersten beiden Rippenbögen pikt.

»Sie sind ja gar nicht verheiratet!«, klärt Fräulein Hemmschuh mich auf, während ich Betsie, damit sie vor meinem Gesicht weggeht, einen Kuss auf die Wange drücken muss.

»Kann ich sie trotzdem sprechen?«

»Nein! Sie sollen zu Bredenmayer und Woodstock fahren und Ihren neuen Anzug anprobieren!«

Während die Sekretärin mir erklärt, was ich tun soll, falls der Anzug nicht passt, erzählt mir Betsie aufgebracht vom Sterntaler, wobei sie mir auf ihrer flachen Hand ein paar Euro unter die Nase hält.

»... dann kaufen Sie sich beim Blumenladen an der Ecke noch eine Nelke und gehen artig nach Hause, wo Sie warten, bis Fräulein Nora Sie abholt!«, diktiert der Hemmschuh unverdrossen weiter.

»Ja, aber was ist denn heute Abend?«, will ich wissen und Betsie sagt: »Er ist einfach weggeweht ...«

Fräulein Hemmschuh nimmt sich Zeit, mich einen Trottel zu nennen und mit Bibelzitaten zu beschimpfen, während Betsie mit belgischer Sorgfalt berichtet: »Nur sein Kleingeld ist unten angekommen ...«, worauf Hemmschuh verkündet: »Ich kann überhaupt nicht verstehen, was Fräulein Nora an Ihnen findet!«, »direkt vor meine Füße ist es gefallen, da hab ich natürlich nach oben geschaut ... Mensch, das hätte ja vielleicht weh getan, wenn ich das auf den Kopf bekommen hätte ...«, erklärt Betsie, und Hemmschuh fragt: »Sagen Sie mal, wer ist denn da eigentlich bei Ihnen?«, »und dann seh ich da diesen fliegenden Mann oben am Himmel, der ist wirklich richtig geflogen ...«, erklärt Betsie, und Hemmschuh: »Ist da etwa eine Frau bei Ihnen!« »Zusammen mit diesen schwarzen Vögeln, so welche wie die da auf der Fensterbank ...« »Erklären Sie mir auf der Stelle, was das da für eine Frau in Fräulein Noras Wohnung ist!« »Wie heißen die eigentlich?« Und ich sage: »Nebelkrähen.« Und Fräulein Hemmschuh sagt: »Wer?«, und Betsie fragt: »Sag mal, mit wem telefonierst du da eigentlich?« Und ich sage: »Das ist die Putzfrau.« Und als Fräulein Hemmschuh meint: »Sie wagen es, uns mit der Putzfrau zu betrügen! Einfach so!

Am helllichten Tag!«, wobei Betsie zu weinen anfängt und die Nebelkrähen meinen ratlosen Blick nur mit Kopfschütteln beantworten, lege ich auf.

»Was habe ich denn falsch gemacht?« schreit Betsie heulend.

»Aber Betsie, du hast doch nichts falsch gemacht, warum weinst du denn jetzt?«

»Und warum sucht ihr dann nach einer anderen Putzfrau?«, wimmert sie und presst sich die neue Klobürste an die Brust.

»Herrje, Betsie, wer hat dir das denn erzählt? Du bist die beste Putzfrau der Welt!«

»Wirklich?«, schnieft Betsie.

»Ja, wirklich. Und deine Geschichte von dem Mann, der fliegen kann, ist auch ganz toll.«

»Der konnte wirklich fliegen!«, sagt Betsie, trocknet ihre Tränen und beginnt unsere neue Klobürste auszupacken. Ich lasse sie in ihrem halbwegs befriedeten Zustand in unserer Wohnung zurück und sause mit dem Lift runter in die Stadt.

In der Stadt passiert nichts Besonderes, nur der übliche Kleinkram. Auf dem Weg zum Schneider sprechen mich zwei minderjährige Mormonen-Schnösel an, deren biedermännische Konfessionalität man ihnen als Gel in die Haare geschmiert und als Schlips um den Hals gehängt hat.

»Hallo, du! Darf ich dich mal was fragen?«

»Hm?«

»Der Benni hier und ich, wir würden dich gern mal zu einer Bibeldiskussion einladen.«

»Der Benni und du?«

»Ja genau, hättest du da vielleicht Interesse dran?«

»Danke, nein.«

»Hast du dich denn schon einmal mit der Bibel auseinander gesetzt?«

Das war ja klar, dass Interesselosigkeit von diesen Leuten nicht akzeptiert werden würde. Schließlich geht es um die Bibel! Ich bin schon ein Stück an den zwei Kindermissionaren vorbei, als ich mich umdrehe und auf offener Straße brülle: »Hör mal du Klon, ich hab mich schon mit der Bibel auseinander gesetzt, da haben sie dir noch zum Pfirsichessen das große Saunahandtuch um den Hals gebunden!«

Die kritischen Blicke der übrigen Passanten lassen mich vermuten, dass meine Argumentation nicht ganz lupenrein gewesen ist. Auf einem Schild, das für die Erotik-Messe wirbt, sitzen die drei Nebelkrähen. Sie scheinen in ihrem Urteil uneinig zu sein. Eine von ihnen nickt mir zu, die zweite schüttelt empört den Kopf und die dritte kratzt sich beschämt den Schnabel an der Presspappe des Werbeträgers.

»Religiöser Fanatismus wird die Ursache der meisten Kriege unseres Jahrhunderts sein,« prophezeie ich den drei Vögeln flüsternd.

Sonst passiert nichts weiter.

Auf dem Rückweg vom Schneider, mit meinem neuen, teuren, überall kneifenden Anzug unterm Arm, stehe ich in der U-Bahn im Türbereich, lässig an die Trennwand zu den Bänken gelehnt und kaue zur Beruhigung Kaugummi. Am Südstern steigt die Frau von dem Erotik-Messe-Plakat ein und wirft sich in all ihrer gelangweilten Langbeinigkeit auf den Sitz direkt neben mir. Weshalb mir ausgerechnet jetzt das Kaugummi aus dem Mund und dem Pornostar ins gebleichte Haar fallen muss, weiß ich nicht. Niemand im Wagen scheint es bemerkt zu haben, nur ein kleines Mädchen von vielleicht zehn Jahren versucht mit aller Macht einen Lachanfall zu unterdrücken.

Ich mache eine verschwörerische Grimasse und die Mutter des Mädchens sagt: »Hör auf zu zappeln.«

Ich gehorche sofort und steige an der nächsten Station aus.

Am Abend kommt dann Nora von der Arbeit zurück, wäscht, kämmt und parfümiert mich, zieht mich sorgfältig an und erkundigt sich, während ich ihr beim Umziehen zuschauen darf, nach dem Fortschritt meiner neuen Geschichte.

»Ach, wie soll man denn in dieser langweiligen Stadt auf

irgendeine gute Idee kommen?«, antworte ich und ziehe den Vorhang des Schlafzimmerfensters zu.

Dass Nora die gleiche Unterwäsche wie die Frau auf dem Messe-Plakat trägt, brauchen die drei Nebelkrähen nun wirklich nicht zu sehen. Vor meinen Augen verwandelt Nora sich in wenigen Minuten in ein grandios glanzvolles Galaabend-Wunder. In einen weich über ihren warmen Körper hingewehten Stoff gehüllt, steht sie plötzlich vor mir, lächelt milde und drückt mir einen wohltätigen Kuss auf meine Stirn.

Wenige Stunden später rollt Noras Wagen vor dem Kronprinzenpalais vor, ich gehe noch einmal ihre Kugelschreiber-Anweisungen auf meinen Handflächen durch:

- Immer an meiner Seite bleiben!
- Gut aussehen!
- Nichts sagen!
- Immer lächeln und mich verliebt und bewundernd anhimmeln!
- Falls jemand fragt, sagen, du seiest Astrophysiker an der Prager Universität und würdest mich schon seit drei Jahren um meine Hand bitten.

Dann tauchen wir mit blöder Begeisterung in den Abend ein, trinken Sekt, stehen rum, ich werde öfter in Gespräche verwickelt, als ich gedacht hätte. Allerdings sind die hilfreichen Notizen auf meiner Hand nach dem zwölften Tanz mit Sabine Christiansen nicht mehr zu entziffern. Meine fiktive Biografie wird mir im Verlaufe vieler Unterhaltungen immer weniger geläufig, so dass mich am Ende des Abends einige Leute für einen tschechischen Astrophysiker halten werden, andere für einen bulgarischen Herzchirurgen und eine dritte Gruppe wird glauben, ich sei Kofi Annan.

Weil Nora schon seit Stunden unerreichbar hinter einer Mauer von Männern verborgen ist, allesamt Honoratioren der Stadt, die zum Handkuss anstehen, als wäre Nora der Bundespräsident, verbünde ich mich mit einer der Kellnerinnen und sorge dafür, dass in Noras Gläser neben dem Orangensaft auch immer etwas enthemmend Hochprozentiges mit hineinkommt. Die Kellnerin ist gebürtige Schwarzafrikanerin und scheint sich darüber zu freuen, in mir einen Landsmann gefunden zu haben. Ich biete ihr an, mich Kofi zu nennen, worauf sie vor Lachen beinahe in eine barocke Blumendeko fällt.

Der Abend wird immer fortgeschrittener, ich verteile inzwischen die sechste Flasche weißen Rum über die Orangensaftgläser, die meine dunkelhäutige Mitwisserin mir kichernd auf einem Tablett hinhält. Dann geht sie mit ihrer gefährlichen Ladung elegant zu der Traube glühender Männer hinüber, in deren Zentrum ich meine Lebensgefährtin vermute. Tatsächlich erkenne ich Nora und muss mit einem Schock feststellen, dass sich das Tablett mit den orangen Schierlingsbechern leert, ohne dass Nora einen davon nimmt. Irgendwann ist der Festsaal beinahe leer, nur noch das gute Dutzend Männer um Nora herum, die müden Kellner und Kellnerinnen und ich sind übrig. Von den Herren haben sich einige ältere bereits erschöpft auf den Fußboden gesetzt, keiner von ihnen trägt mehr seine Anzugjacke, die anderen reden alle gleichzeitig auf Nora ein, woraus sich eine Art weißes Rauschen ergibt, das in dem Moment abebbt, als meine Freundin ein wenig ihren Hals streckt und Ausschau nach mir hält. Als sie mich entdeckt, stockt den schwitzenden Galaabend-Wohltätern der Atem und ihre ängstlichen Blicke folgen Noras Blick.

»Entschuldigen Sie, meine Herren,« sagt sie, ohne ihre Augen von mir zu nehmen, »ich glaube, mein Mann wartet auf mich.«

Die folgende Szene muss man sich in Zeitlupe denken: Ganz langsam sinken Firmenmagnaten, Hollywood-Schauspieler, Börsenspekulanten und Boxweltmeister ohnmächtig in sich zusammen und bilden ein hübsches kleines Schwarz-Weiß-Kunstwerk auf dem Marmorboden. Mit langen, langsamen Schritten und wehendem Haar kommt Nora auf mich zu, ihr Blick fest in den meinen gesenkt. An einem bis an den Bauchnabel geführten Schlitz in ihrem Kleid teilt sich bei jedem zweiten Schritt der hauchdünne Stoff auf Noras Oberschenkel, nur um sich im Gehen sofort wieder darüber zu schließen, so dass man sich angesichts dieses Spiels aus Verlocken und Verwehren am liebsten in einen befreienden Weinkrampf retten möchte. Hinter Nora öffnet sich – wir befinden uns noch immer in Slowmotion – die große Doppelflügeltür zum Park des Kronprinzenpalais und zusammen mit dem von den ersten Sonnenstrahlen durchstoßenen Morgendunst schwingen sich elegant und kraftvoll die drei Nebelkrähen über die sterbend am Boden liegende Celebritymannschaft hinweg zur Kuppel des Saales empor.

Nora steht vor mir, hakt sich bei mir ein und sagt: »Herrgott, bin ich froh, dass du nicht so ein unterbelichtetes Muttersöhnchen bist wie die da.«

Wir schreiten hinaus, und ich frage mich ernsthaft, ob ich an der Seite dieser Frau jemals eine streng naturalistische Kurzgeschichte werde schreiben können.

Human Total

Gegen Ende eines Zootages, als wir bereits die verschiedensten Sorten von Affen, Elefanten, Nilpferden, Löwen, Giraffen, Kängurus und Mitmenschen bestaunt haben, als ich schon nicht mehr laufen kann und mein Rucksack schwer ist von all den geraubten Nasenbären, Kattas, Seelöwen und Pinguinen, die ich unbedingt mit nach Hause nehmen will, da steuert Nora plötzlich auf ein kleines rustikales Gebäude zu, das eher nach einem Geräteschuppen aussieht, als dass an diesem einsamen Ort, ganz am Rande des Areals, noch Leben zu finden sei. Ich schlage vor, draußen auf sie zu warten und Nora verschwindet in dem Schuppen.

Nach einer Weile, die ich da draußen stehe, sind keine Zoobesucher mehr zu sehen. Nur noch die Geräusche einiger wilder und, wie ich vermute, gefährlicher Tiere sind zu hören. Langsam wird es dunkel, Gewitterwolken ziehen auf, der Zoo scheint längst geschlossen zu haben, denn die Tiere unterhalten sich nun ausgiebig über ihre ganz persönlichen Probleme. Sie öffnen die Türen und Tore ihrer Käfige und kommen an einem zentralen Platz zur allabendlichen After-Work-Party zusammen. Aus meinem Versteck, in das ich mich ängstlich verkrochen habe, kann ich beobachten, wie die Nilpferde sich an der Bar vom Plattnasen-Makaki einen Gemüsecocktail mixen lassen, »Heute lieber keinen Alkohol«, scheinen sie zu denken, »morgen wird wieder ein harter Tag.« In der Mitte des Platzes schieben nun die Elefanten ein paar Doppeldecker-Busse zusammen, die sie draußen auf der Straße gefunden haben, kippen sie um und sagen dem westafrikanischen Steppen-Esel Bescheid, die Bühne sei jetzt fertig. Dieser drückt seine Zigarette auf dem Boden aus, treibt mit seinem schnappenden Gebiss ein paar leicht bekleidete Antilopen in den Backstagebereich und ruft nach dem Ansager.

Jetzt erscheint im Scheinwerferlicht einiger entwendeter Kleinwagen der Vogel Strauß auf der Bühne, wirft einen halb stolzen, halb missbilligenden Blick zu den kichernden Junggänsen am linken Bühnenrand hinüber und heißt alle herzlich willkommen. Nachdem er ein kurzes Gedicht von Heinrich Heine vorgetragen hat, über das alle herzlich lachen, sagt er, man komme jetzt zu dem Teil der Show, in der bescheuerte Menschen vorgeführt, misshandelt und ausgelacht werden. Alle Tiere im Zoo freuen sich. Der ganze Platz ist inzwischen angefüllt mit Lebewesen. Schwarze, Braune, Gelbe, Grüne, Große, Kleine, Schnelle, Lahme, Zwei-, Drei- und Vierbeiner, Säuger, Brüter, Zwitter und Amphibien, Amerikaner, Australier, Asiaten und einige Europäer, sie alle haben einen Heidenspaß. Die Kängurus trommeln mit ihren Schwänzen einen Wirbel auf den weichen Zooboden, als zwei ausgewachsene Gorillas mit Sonnenbrillen auf die Bühne hechten. Zwischen sich halten sie den zappelnden, aufgrund fester Griffe unabkömmlichen Stefan Raab gefangen.

»Schauen Sie bitte hier, meine sehr verehrten Damen und Herren, was ich Ihnen heute mitgebracht habe!«, ruft der Strauß, und als die Junggänse orgastisch aufkreischen, wirft er ihnen einen gnädigen Blick zu. Die Schimpansen sind ebenfalls ganz aus dem Häuschen, an der Bar schauen die Nasenbären interessiert von ihren Erdnussschüsseln auf, und hinter dem Tresen halten die Waschbären beim Gläserspülen inne. Die kleinen Tigerkinder lachen sich schlapp, worauf ihre Mutter konsterniert fragt: »Und über so etwas könnt ihr lachen?«

Die beiden Gorillas halten Stefan Raab, dessen Augen verbunden sind, in die Höhe, die Menge jubelt, der allseits beliebte Showmoderator – gemeint ist der Strauß – bittet nun das

Publikum, gleich auf die ungemein intelligente und wortreiche Antwort dieses Menschen zu achten. Jetzt entfernt einer der beiden Gorillas die Augenbinde von Stefan Raabs Gesicht und der Strauß schaut ihm, Schnabel an Nase, direkt in die Augen. Er lächelt, Strauße lächeln immer, weswegen sie ja gerade als Moderatoren besonders beliebt sind, die Kängurus trommeln, die Tigerkinder halten den Atem an, die Junggänse kriegen vor lauter Spannung ihr Übersprungverhalten nicht in den Griff und putzen ständig ihr Gefieder, der Strauß lächelt.

Er atmet Stefan Raab ins Gesicht und fragt: »Denken Sie, weil Sie sind, oder sind Sie, weil Sie denken?«

Stefan Raab überlegt kurz, schreit dann ein langes ein-silbiges, aber durchaus mehrstimmiges »Aaaahhh« und fällt in Ohnmacht.

»Ißt er ohnmäßtig gewortßen?«, fragt mich eine Blind-schleiche, die neben mir auf einem Ast sitzt und nichts sehen kann.

Ich verkneife mir mühselig eine ähnliche Unpässlichkeit und mache nur »Mhhhmmm«.

Dann fällt mir der einzige weitere Mensch in diesem Tierpark ein, und ich schleiche hinüber zu dem Schuppen, in dem Nora vor gut drei Stunden verschwunden ist. Meine gut aussehende, attraktive, erfolgreiche Traumfrau hockt wie ein sechsjähriges Kind vor einem niedrigen Gitter und unterhält sich mit dem sicherlich hässlichsten Schwein der Welt. Ein Schild am Gitter verrät den Namen dieser Sorte: Hirscheber. Nora unterhält sich offenbar mit einem Weibchen. Die Männer müssen noch entsetzlicher aussehen, ihre Eckzähne wachsen nach oben und stoßen während der Pubertät durch die Gaumendecke.

»Na, ist dir langweilig?«, fragt sie das Schwein und das Schwein schmatzt energisch vor sich hin.

»Nora, wir sollten jetzt lieber gehen.«

Nora meint, sie könne noch nicht gehen, sie fände dieses Schwein einfach zu süß.

»Süß? Nora, dieses Schwein ist doch nicht süß. Nichts für ungut, Schwein. Mein Gott, bist du hässlich. Aber dafür kannst du ja nichts, was? Jetzt schau doch nicht so, ooch guck mal, wie es jetzt guckt.«

Und plötzlich hocke ich neben Nora vor dem Gitter auf dem Fußboden und unterhalte mich ebenfalls mit dem hässlichsten Schwein der Welt.

»Es ist ein Hirscheberweibchen«, klärt Nora mich flüsternd auf.

Als der Lärm der Tiere mich aus der Verzückung reißt, dränge ich Nora zum Gehen. Wer weiß, ob ihnen Stefan Raab für heute Abend reicht, wer weiß, was sie noch alles mit ihm anstellen werden. Und wenn man dann die Leiche des lustigsten und ältesten Pubertanten Deutschlands findet, dann wird man sich fragen, ob etwa noch jemand nach Torschluss im Innern des Zoos gewesen ist. Und schließlich wird man nach *Menschen* suchen, die als Mörder Stefan Raabs in Betracht kommen, und nicht nach Tieren. Man wird die Zoowärter fragen, ob ihnen etwas aufgefallen sei, und sie werden sagen: »Ja, der berühmte Frank Grutza war heute da!«

Und dann wird man feststellen, dass mich niemand hat hinausgehen sehen. Wer wird mir glauben, wenn ich sage, der Strauß sei es gewesen, der den ältesten Vierzehnjährigen aller Zeiten so sehr erschreckt habe, dass dieser an einem Herzversagen gestorben sei, wer wird glauben, dass ich nur zufällig dort gewesen bin, weil meine Freundin sich bei einem Hirscheberweibchen festgequatscht hatte?

Als hätte es meine Gedanken gelesen, bietet das Hirscheberweibchen freundlicherweise an, uns noch bis zur Tür zu bringen. Das ist echt nett von dem Schwein, und es rettet Nora und mir das Leben. Als wir am Tor stehen, bedankt Nora sich bei dem Schwein, und ich werfe einen letzten Blick zurück auf die Bühne, auf der Stefan Raab gerade gezwungen wird, das Panter-Gedicht von Rilke aufzusagen, während die Elefanten ihm

Wasser auf die Hose spritzen, was besonders den Lachanfall der Nacktarschpaviane dicht an den Erstickungstod führt.

Am nächsten Morgen, als ich gegen Mittag aufstehe, wundere ich mich über Stimmen in unserer Küche.

»Das ist Vera«, sagt Nora, als ich sie fragend anschaue.

Ich sehe morgens nie besonders gut, ich bin auch nicht wirklich schnell, morgens vor dem ersten Kaffee, aber dass da das hässliche Schwein von letzter Nacht an unserem Küchentisch sitzt und Pflaumenmusbrötchen isst, das kann ich doch noch erkennen. Und wenn Nora mich noch so sehr anschreit, das geht wirklich zu weit, wir können doch kein Schwein in der Wohnung halten.

»Komm, sch sch, raus hier, du hässliches Schwein, geh zurück in den Zoo. Ja, Nora, ja, ich weiß, sie ist deine Freundin, aber letztendlich bleibt sie ein Schwein, deine beste Freundin Vera, ja, toller Name, aber im Zoo vermisst man das Tier bestimmt schon, gsch gsch, raus jetzt, vielleicht sollten wir einen Tierarzt rufen, der kann sie dann betäuben. Nora, was heißt denn ... wie ich mich benehme, wie benehme ich mich denn ...? Gibt es eigentlich Jäger in Berlin? Jetzt geh schon raus, du Vieh, los, ab ...«

Noras Ohrfeigen und das kalte Wasser aus dem Eimer erzielen ihre oft erprobte Wirkung. Vera, beteuert Nora ihr Mitleid. Und ich sitze orientierungslos in unserer Küche und habe keine Ahnung, was überhaupt los ist.

Tropische Verhältnisse

Es ist einer dieser Morgen, an denen man nackt auf dem blanken Küchenboden liegend aufwacht und das Jucken des Kreppbandes, mit dem die längst aufgetauten Kühlakkus unter den Fußsohlen fixiert sind, einen fast um den Verstand bringt. Man wacht auf und neben einem liegt dieselbe fettig breiige Hochhaus-Großstadt-Hinterhof-Luft, die auch gestern Abend schon dagelegen hat, bar jeden Sauerstoffs und doppelt so warm wie der eigene Atem. Das Radio wünscht einen Guten Morgen, aber man glaubt ihm nicht. Angeblich ist es erst fünf Uhr in der Früh, doch man traut diesem Regime inzwischen alles zu. In den Straßen der tropischen Metropole herrscht bereits das übliche Verkehrschaos, die aktuelle Temperatur beträgt zweiundvierzig Grad und Schatten spielt keine Rolle.

Ich gehe durch unsere Penthouse-Wohnung, hoch oben über der Stadt, alle Fenster sind mit Jalousien verdunkelt, unsere kubanische Hausangestellte lenkt errötend meinen orientierungslosen Weg ins Badezimmer, wo mal wieder ein verzweifelter Dissident von einer gelangweilten Riesenechse aus Galapagos in Schach gehalten wird.

»Ah, Señor Grutza, Gott sei Dank, die Heilige Mutter Maria lässt Gnade walten, bitte befreien Sie mich, Señor Grutza, ich bin kein Gegner des Regimes, wirklich nicht, ich stehe voll und ganz aufseiten der Präsidentin – Gott möge ihr ein langes Leben schenken, und Ihnen natürlich auch, Señor Grutza – Señor Grutza, glauben Sie mir bitte, das war ein Unfall, dieses dumme, dumme Tier konnte ja nicht wissen, wo es da seinen

Haufen hinmacht, woher soll so ein dummer Hund das auch wissen, und ich, glauben Sie mir Señor Grutza, ich hätte es doch sofort weggemacht, sofort, Señor Grutza. Ich weiß doch, dass man seinen Hund nicht vor die Tür von La Presidenta machen lässt, wenn ich auch sagen muss, dass es ja die andere Straßenseite war, aber egal, sie haben Recht, das ist egal, dieses dumme Tier, dieser ganz und gar verblödete Köter, nun hat er denn nicht seine gerechte Strafe erhalten, Señor Grutza? Hat er nicht mit seinem Leben für seine unglaubliche Dummheit gebüßt, indem er diesem süßen Reptil hier als zweites Frühstück gedient hat? Liebes, gutes Reptilchen, entschuldigen Sie, Señor Grutza, wie heißt es noch gleich, dieses putzige Kerlchen?«

Es ist einer dieser Morgen, an denen du dein Badezimmer mit einem bescheuerten Berliner Hundebesitzer und einem Ableger der größten noch lebenden Landechsenart teilen musst, während auf dem Flur deiner Wohnung Wachsoldaten patrouillieren und Generäle in Fantasieuniformen stinkende Zigarren rauchen. Die kubanische Hausangestellte, die kein Wort von dem versteht, was du ihr sagst, bäckt unterdessen Encheladas, die du nicht ausstehen kannst, und während du dir die Zähne putzt, erklärst du dem vor Angst in der Badewanne schlotternden und sabbelnden Berliner Ex-Hundebesitzer, dass die Riesenechse, die mit offenen Augen im Strahl des Deckenventilators vor sich hin döst zur Gattung der *Warane* gehört und in ihrer Heimat vor den Augen applaudierender Touristen lebende Ziegen frühstückt. Und während du über das vier Meter neunzig lange Exemplar hinweg in die Duschkabine kletterst, erläuterst du dem weinenden Berliner Hundebesitzer das »BSR-Warane-für-eine-saubere-Stadt-Konzept«, das sich die Präsidentin noch kurz vor ihrer grandiosen Machtübernahme ausgedacht hatte.

Nur zu gut erinnerst du dich an den Abend, als du im Anschluss an eine langweilige Opernvorstellung mit deiner Freundin durch die brütend heiße Nacht spaziertest, vorbei an einer Mahnwache demonstrierender Lehrer, denen man gerade das großzügige Angebot gemacht hatte, für eine sichere Zehn-Prozent-Pension vierundzwanzig Stunden am Tag zu arbeiten. An der Ecke Kudamm/Joachimstaler erbatest du dir einen Kuss, der dir auch gewährt wurde – von deiner Freundin, nicht von den Lehrern – und der lange dauerte, und deine Freundin hielt dabei dein Gesicht mit beiden Händen und über euch glimmte auf der großen Videowand das debile Gesicht des amerikanischen Präsidenten und unten drunter stand »Fuck the Kyoto Report!« Verliebt Händchen haltend, schlendertet ihr beide zum Zoo hinüber, aus dem gerade die letzten verkauften Kamele abtransportiert wurden, während vor dem Bahnhof Hunderte betrunkener Polizisten herumlungerten, die die Passanten anpöbelten und eine Benefiz-Gala für Landesbank-Manager bewachten. Am Sabine-Christiansen-Studio waren die Fenster offen und ihr lauschtet einen Augenblick, zärtlich die Köpfe schüttelnd, dem bildungsfreien Geplapper dieser neoliberal-konservativen Propagandamaschine.

Es war ein schöner Abend. Der dichte Smog dämpfte die lauten Großstadtgeräusche und deine Freundin war mild und liebevoll. Ihr wolltet beide schnell nach Hause, die Matratzen aus der Tiefkühltruhe holen und euch, wie man so sagt, einen schönen Abend machen, als eine kurze Unaufmerksamkeit die italienischen Dreihundert-Euro-Schuhe deiner Freundin und mit ihnen den kompletten Abend ruinierte.

»Ahhh, Scheiße«, rief Nora und meinte es auch so. »Kacke, Drecksbande von Arschlöchern!«

So genau, denkst du im Nachhinein, hätte sie es vielleicht gar nicht erklären müssen. Sie fluchte und schrie und hielt auf offener Straße eine rebellisch-brutale Blut-Boden-Schweiß-und-Tränen-Rede, die dem Phlegmatiker Roland Koch, oben im Studio von Sabine Christiansen, den Atem verschlug, die lethargischen Polizisten am Zoo aufweckte und die arbeitslosen Zoowärter in wütender Zustimmung aufschnauben ließ. Der spontane Revolutionsaufruf deiner Freundin wurde dabei über die Mikros der verdatterten Sabine im ganzen Land ausgestrahlt und der Putsch hatte begonnen. Anstatt sehnsüchtiger Umarmungen auf gekühlten Matratzen gab es eine wilde Schlägerei am Bahnhof Zoo und anschließend einen Fahrzeug-Konvoi zum Kanzleramt. Und auf dem Weg dorthin, in einem der hundert Polizeibusse, die mit martialischem Getöse durch den Tiergarten donnerten, erläuterte Nora, deine Freundin, die es inzwischen aufgegeben hatte, ihre Schuhe von dem Auswurf irgendeines degenerierten Großstadtköters zu trennen, einem zufällig anwesenden Journalisten das »BSR-Warane-für-eine-saubere-Stadt-Konzept«.

Eine Woche später begrüßten Nora und ihre Generäle auf dem Tegeler Flughafen die ersten Riesenechsen sowie Tausende von Lehrern, Polizisten und Zoowärtern, die sich als freiwillige Kämpfer Noras Regime angeschlossen hatten. Ein Echsenexperte von den Galapagosinseln band einem der Tiere eine orange Warnweste der Stadtreinigung um und führte den Anwesenden eindrucksvoll vor, dass die Echse auch für einen ausgewachsenen Rottweiler nur einmal »Habs« machen musste.

Obwohl du deine Freundin von nun an nur noch selten zu Gesicht bekamst und die Matratzen unangerührt in der Tiefkühltruhe blieben, folgte eine relativ schöne Zeit. Jeden Morgen gingst du mit einem speziell auf dich als seinem Herrchen konditionierten Waran durch die Straßen und führtest interessante Gespräche mit Hundebesitzern jeder Couleur. Am meisten Spaß machten dir die Punker. Freundlich und weltoffen fragtest du sie, während dein Waran ihren lausigen kleinen Privatzoo verdaute, weshalb ausgerechnet sie, die sich doch so offensiv antiautoritär gaben und jede Form von Machtausübung verachteten, in einer Art mit ihren vierbeinigen Gefährten umsprangen, angesichts derer es selbst einem faschistischen Sporthallen-Hausmeister aus dem Bayerischen Wald das Herz gebrochen hätte.

Gut waren auch die Omas, die so sehr damit beschäftigt waren, dir das Fahrradfahren auf dem Bürgersteig zu verbieten, dass sie gar nicht merkten, wie ihr kleines Scheißerchen von deiner Echse eingeatmet wurde. Viel erklären konntest du leider nicht, denn das unbefriedigte Reptil drängte schon wieder zum Aufbruch, und genau deshalb brauchtest du ja das Fahrrad – Warane sind verdammt schnell.

Aber am meisten Spaß machte es in Friedrichshain, Marzahn und im Wedding, in den Kampfhundrevieren, deine Echse hatte ganz glasige Augen vor Freude. Eine schöne Zeit war das, du fühltest dich sportlich fit und gebraucht.

Es ist einer dieser frühen Morgen, und dem bescheuerten Berliner Hundebesitzer in deiner Badewanne geht es echt dreckig. Er hat Hunger, er stinkt, weil ihm der fünfzig Zentimeter lange Schädel der Riesenechse den Zugang zum Klo versperrt. Obendrein hat ihm die Angst der letzten Nacht die Haare ergrauen lassen. Für dich ist es ein gewohnter Anblick.

Du setzt dich in deinem Bademantel zu dem Hundebesitzer auf den Rand der Badewanne, die Riesenechse zwinkert einmal kurz und während du dir dein schütteres Haar frottierst, erzählst du dem vor sich hin wimmernden Berliner Hundebesitzer von den ersten beiden Idioten, die einst als politische Gefangene in dieser Badewanne gesessen hatten. Sie hießen Böger und Strieder und sie waren arrogant. Damals gab es noch keine Riesenechsen in Berlin und so saßen den zwei Volltrotteln nur ein paar unausgeschlafene Anhänger von Noras Revolutionsarmee gegenüber. Die selbstverliebten Provinzpolitiker versuchten ihre Bewacher mit ein paar flotten Sprüchen zur Aufgabe zu bewegen, und sie hätten es auch beinahe geschafft, wenn nicht gerade im rechten Augenblick Nora das Badezimmer betreten hätte. Die schon fast in dösenden Schlummer verfallenen Wachsoldaten waren plötzlich wieder hellwach und sich ihrer Sache absolut sicher, die beidenPolitiker hingegen waren schlagartig verstummt.

»Die Präsidentin wirkt einfach umwerfend in einer Generalsuniform«, bestätigt dir der Hundebesitzer in der Badewanne, der sich aufgrund deiner ruhig und leise vorgetragenen Erzählung etwas entspannen konnte.

»Netter Versuch«, sagst du mit kühler Gelassenheit und gehst über den Schwanz der Echse hinweg nach draußen.

»Was ist?«, fragt Nora, die plötzlich vor dir im Rahmen der Badezimmertür lehnt.

»Äh, nichts, ich hab mich nur ein bisschen mit dem Gefangenen unterhalten.«

»Mit dem Gefangenen?«

»Ja genau, wir sollten ihn vielleicht bald freilassen.«

»Bist du sicher, dass du nicht lieber noch etwas schlafen möchtest?«

»Nein, Nora, kein Problem, mir geht es gut.«

»Na schön, kann ich dann jetzt ins Bad? Ich hab es ein bisschen eilig.«

»Klar, ich bin fertig, aber tritt der Echse nicht auf den Schwanz.«

Es ist einer dieser frühen Morgen, an denen du drei Tassen tiefschwarzen Kaffees brauchst, um einigermaßen zu dir zu kommen, und an denen deine Freundin auf eine ganz eigentümlich fürsorgliche Art zärtlich zu dir ist, sich mehrmals nach deinem Befinden erkundigt, dir sanft über den Kopf streicht und dann ganz vorsichtig, so als wäre er ein echtes Lebewesen, den kleinen Kinderbadeschwamm neben deinen Frühstücksteller legt. Als in eurem Bekanntenkreis immer mehr Kinder auf die Welt gekommen waren, hatte Nora sich vorsorglich mit diversen Baby- und Kleinkinderutensilien eingedeckt, und so war auch dieser handtellergroße Schwamm in der Form eines grinsend grünen Krokodils in euer Badezimmer gekommen. Deine Freundin streicht auch dem Schwammkrokodil noch einmal über den Kopf, zwinkert dir zu, sagt: »Viel Spaß euch beiden!«, und verschwindet in ihre dir unbekannte Arbeitswelt. Eine lange Weile lang schaust du dem Schwammkrokodil zu, wie es eine kleine Kaffeepfütze vom Frühstückstisch saugt und lauschst dem kindischen Geplapper eines Erwachsenen-senders im Radio.

»Pflaumenmus oder Aprikosenmarmelade?«, fragst du, aber natürlich gibt die Echse keine Antwort.

Das Familienfest

Es war einmal in einer nebligen Berliner Nacht, dass Nora und ich durch die Straßen des Friedrichshain zogen, die Kragen unserer dunklen Mäntel hochgeklappt, die Hüte weit ins Gesicht gezogen, die Hände in den Taschen, leicht in den Wind geduckt. Da tauchte neben uns aus dem Nichts eine schwarze Limousine auf, ihre Räder rubbelten über das glatte Kopfsteinpflaster, das Licht der Scheinwerfer spiegelte sich zitternd in den öligen Pfützen der Straße. Der große schwarze Wagen hielt mit uns Schritt, blieb mit uns auf gleicher Höhe, und wer immer hinter den getönten Scheiben im Trockenen saß, schien uns zu beobachten.

Doch dann, nachdem wir einigen Löchern im Gehweg ausgewichen waren, uns kurz an der Glut einer brennenden Mülltonne gewärmt und schließlich einmal die Straßenseite gewechselt hatten, da verschwanden wir hinter der Plane eines Baugerüstes, das die Fassade eines alten Hauses verdeckte. Draußen, an der Außenhaut des Baugerüstes, konnte der Fahrer der schwarzen Limousine ein handgemaltes Schild lesen, auf dem stand: *Zur letzten Reblaus.* Der Fahrer mochte noch einige Sekunden warten, Nora und ich blieben jedenfalls hinter der Bauplane verschwunden, kamen nicht auf der anderen Seite wieder hervor, so dass die schwarze Limousine und ihr unbekannter, geheimnisvoller Insasse nichts mehr mit uns zu tun hatten und wieder davonfuhren, im nebligen Gebrodel der Stadt verschwindend, auf der Suche nach einer anderen Geschichte, die möglicherweise besser zu ihnen passte.

Nora und ich waren unterdessen vor dem Fenster des Lokals, das sich *Zur letzten Reblaus* nannte, stehen geblieben und schauten hinein.

Aus dem Innern der Kneipe strahlte helles Licht in den kleinen schmutzigen Durchgang zwischen dem Haus und der Plane des Baugerüstes, in dem Nora und ich standen und schweigend das bunte Treiben hinter der Scheibe betrachteten. Das Lokal war klein und überfüllt. Um eine große Tafel herum saßen Angehörige mehrerer Generationen, in verschiedene Gespräche vertieft, lachend, zum Teil singend oder trunken dösend.

An der Theke saß in offensichtlicher Erschöpfung und Müdigkeit die letzte Reblaus, das Kinn auf die linke Hand gestützt, verquollen vor sich hin starrend.

»Ein Familienfest«, flüsterte Nora heiser hinter ihrer vom Nebel durchweichten und inzwischen erloschenen Zigarette hervor.

»Scheint so«, antwortete ich.

»Ist das die Adresse?« fragte Nora, ohne ihr regloses Betrachten zu unterbrechen.

»Steinstraße, Reblaus«, bestätigte ich.

»Dann ist es unsere.«

»Ganz schön zäh.«

»Ja«, flüsterte Nora, nahm ihre Zigarette aus dem Mund und blies unsichtbaren Rauch gegen die leicht beschlagene Scheibe der letzten Reblaus, »die halten lange durch.«

»Gehen wir hinein?«

Nora nickt nur, rührt sich aber nicht.

Als ich die Tür öffne, quellen mir Substanzen in verschiedenen Aggregatzuständen entgegen. Schallende Dünste von Bier, parfümierten Menschen und Fett. Vielfach gespiegelte Geräusche von deutschem Schlager, lachenden Frauen, Schoten reißenden Männern und Guantanamera. Um Kerzen und Glühbirnen zu strahlenden Höfen versammeltes, flüssiges Licht.

»Die haben sich wohl schon kennen gelernt«, sage ich, aber Nora hört mich nicht.

Wir nehmen unsere Hüte ab, werfen unsere Mäntel über die buckeligen Jackengeschwülste des Garderobenständers. Noras Tante Sigrid erkennt uns zuerst.

»Nora!«, ruft sie, schleudert mit einer archaischen Beckenbewegung ihren Stuhl von sich und stürmt auf uns zu. Zuerst erstickt sie Nora in ihrem Dekolleté, dann mich.

Jetzt kommen auch die anderen zu uns herüber, unsere beiden Familien, wir werden von warmer Freundlichkeit umspült, von faszinierter Erleichterung darüber, dass es uns noch gibt, von zärtelnder Sorge unserer Stiefmütter, vom Lass-dich-ansehen-Stolz unserer Onkel und von der wortlosen, langen und festen Umarmung unserer Cousinen und Schwestern, Hand- und Schulterschläge unserer Brüder, das still musternde Nicken unserer Großväter.

Wir werden für den Rest des Abends getrennt, an frei gemachte Plätze an verschiedenen Enden der großen Tafel genötigt, die Kapelle, die bereits ihre Instrumente verstaut hatte, erhält von irgendeinem Onkel noch einmal einen Zuschuss und wird durch geheuchelte Komplimente dazu überredet, noch einmal das Repertoire von vorne nach hinten durchzuspielen.

Der Wirt der Reblaus, der zur Familie zu gehören scheint, lässt von meiner Tante Doris ab, kommt zu uns herüber und fragt, ob wir noch Hunger hätten. Ich formuliere einen bescheiden bestätigenden Satz, doch da hat meine couragierte Großmutter (oder war es Noras?) bereits geantwortet: »Natürlich haben sie Hunger, die haben doch den ganzen Tag nichts Richtiges gegessen, du hast doch noch diese Spieße, Dimitri, die sind lecker.«

Dimitri freut sich offensichtlich, dass er etwas für diese großartige Familie tun kann, während unsere Großmutter schon mal eine Serviette über ihr graues Miss-Marple-Kostüm entfaltet.

»Davon nehme ich auch noch mal«, zwinkert sie mir flüsternd zu.

Im Laufe des Abends versuche ich des Öfteren zu Nora hinüberzuschauen, mit ihr Blickkontakt herzustellen, doch sie ist weit entfernt, am anderen Ende der Tafel, in einem anderen Land, im Land der fragenden Tanten und Cousinen, an den Hängen des Kalten Bratens, jenseits des Freixenet-Sees, der an den südlichen Ausläufern des Waldes der Weisheit liegt, der weißen und roten Weisheit, jenseits der Champagne und der Wälder von Bordeaux, die noch hinter den Tälern von Mosel, Saar und Ruwer liegen, abwärts des Rheins. Dort irgendwo sitzt Nora mit glühenden Wangen und befriedigt ihre Cousinen mit mir unbekannten Erzählungen, woraufhin diese lachen und sich in Bestätigungen ergießen, wasserfallartig kaskadierend – der feine Staub ihrer Mädchenerinnerungen sprüht ab und an in schwachen Geräuschfetzen auch bis an dieses Ende der Welt.

Die Erfahrung der Jahre hat meine Stief- und Großmütter gelehrt, dass aus mir nur schwerlich Nachrichten und Neuigkeiten herauszuholen sind, weshalb sich im Laufe eines jeden Familienfestes um mich herum ein dunkler Schatten schweigender älterer Männer bildet, Männer aus dem Alten Land, aus dem ich stamme und in dem noch nie viel gesprochen worden ist. Worüber auch? Diese Männer beherrschen noch die hohe Kunst der Zwei-Wort-Unterhaltungen und ich war stets ihr fleißiger Schüler.

»Geht's gut?«, fragt mein Großvater seine Jever-Tulpe.

»Ja gut«, antworte ich kauend der meinem Schaschlik-Teller anvertrauten Salatbeilage.

Nachdem wir aufgegessen haben, bestellt meine (oder Noras) Großmutter uns beiden einen Wodka, »Zum Aufräumen!«, wie sie sagt.

Genau in dem Augenblick, in dem ich den Wodka die Kehle hinunter zur Arbeit schick, ich aus Versehen zu Onkel Fisch rüberblick; an dem sich in tiefem Monolog Noras Tante Sigrid über mangelndes Gelenk-Sekret und über Blasenentzündung vergeht.

Und während Noras Oma aus der leeren Chipsschüssel die letzten Chips fischt, Onkel Fisch mich mit internistischem Blick misst.

In meinem Innern, wie vielleicht äußerlich zu bemerken ist, der fleißige Wodka bereits ordnend am Werken ist.

»So, alles, was irgendwie tierischen Ursprungs sein will, stellt sich gesittet nach links und hält still.

Alles von Gräsern und Blumen, sortiert sich nach Dichte und nach Volumen.

Du rote Schote zur Aubergine – und wegen euch losen Laktosen ohne Laktasen müssen wir gleich wieder zur Latrine rasen ...«

Als ich wiederkomme, beschließe ich nur noch Wasser zu trinken und viel Weißbrot zu essen. Um mir eine kurze Erholungspause zu gönnen, stelle ich mich zur letzten Reblaus an die Bar und bestelle eine Cola, irgendwie muss man ja auch wach bleiben. Aus dieser Distanz blicke ich auf unsere Familie. Unsere Familie ist eigentlich ein Konstrukt, eine künstliche Erfindung. Die fünfzig Leute, die hier den Saal bevölkern, sind keineswegs alle miteinander verwandt. Viele von ihnen haben Nora und ich und Noras Cousinen, in einer Art Gesellschaftsspiel zusammengebracht.

Irgendwann sind wir einfach mit einem Wildfremden auf einem Familienfest aufgetaucht und haben erzählt, er sei der Bruder von dem Vater des Onkels Soundso. Auf diese Art entstand schnell Unübersichtlichkeit, so dass heute eigentlich niemand mehr fragt, von wem man der Sohn, der Neffe oder der Gatte sei.

Dank dieser Methode sind einige unserer besten Freunde in die Familie eingeführt worden, darunter zum Beispiel unser Freund Benjamin, ein japanischer Profikiller, der uns einmal einen nervenden Nachbarn vom Halse geschafft hat und sich gerade mit meinem Großonkel Ernst Jünger über den Ehrenkodex der alten Samurai-Ritter unterhält.

Oder: mein alter Lehrer, Onkel Matt genannt, der Kapitän auf einem großen Kreuzfahrtdampfer gewesen ist. Seinetwegen hatten bis vor zwei Jahren unsere Familienfeste immer in Städten mit Seehäfen stattfinden müssen, weil er sonst keinen Parkplatz für seinen Ozeanriesen gefunden hätte.

Ach, ich könnte noch stundenlang so weitererzählen, aber das überlasse ich lieber Tante Biedenkopf, die mit ihrem weder durch physische noch durch metaphysische Kräfte zu unterbrechenden Redeschwall ganze Fußballstadien zu leeren imstande ist und auch an diesem Abend leider wieder einmal die Party frühzeitig wegen einer verschluckten Gräte hat verlassen müssen. Da kann Onkel Hubi, ihr Gatte, der ihr den Fischknochen ins Gulasch geschleust hat, nur laut lachen und ironisch in die Runde fragen:

»Sagt mal, wie fandet ihr den Fisch?«

Im brausenden Gelächter unserer ertrunkenen Artverwandten verließen Nora und ich die letzte Reblaus wieder und schlenderten in den grauenden Morgen. Als wir gerade die Oberbaumbrücke überquerten, zeigte Nora mir noch den Atomeisbrecher, den Onkel Matt einigermaßen sorglos an den seichten Gestaden des Treptower Parks geparkt hatte.

»Nette Familie«, meinte Nora noch und verschwand dann schweigsam schwadronierend mit mir im noch immer sonderbar dichten Nebel der erwachenden Stadt.

Vor dem Richter

»Hallöchen, da draußen! Herzlich willkommen zu Radio Alster-
antenne siebenundvierzig drei, das Rockpopoldieradio mit dem
schnellsten Megabesten von morgen und heute und früh bis
spät beim Müden Morgen, am Mikrofon sind Lasse Lässig und
Corinna Cool, und wir hoffen, dass ihr die letzte Nacht gut
überlebt habt, denn das war in der Region um Hamburg gar
nicht so leicht, stimmt's, Corinna?«

»Da kannst du ein'n drauf lassen, Lasse! In der letzten Nacht
gab es nämlich zum ersten Mal Bodenfrost in Hamburg und
Umgebung und die streets waren bis zum morning total icy.
Und das ist einigen unvorsichtigen Fahrern nicht besonders
gut bekommen, oder Lasse?«

»Ja genau, Corinna, denn auch der Tod war heute Nacht und
auch heute Morgen noch on the road und hat insgesamt drei
Leute mitgenommen.«

»So kann's kommen, Lasse. Also, denkt dran, Leute, immer
schön cool und vorsichtig fahren. Und jetzt hört ihr Christina
Wileda mit ihrem neuen superhitverdächtigen Song *Take me
and not the other one.*«

Und Piet Fröhlich erwacht und stellt sich drei Fragen: Wie
spät ist es? Wo ist er? Was soll das? Über Vollkornbrotkrümel,
Butter- und Kaffeeflecken hinweg glotzt er inhaltsleer, aufge-
quollen und halbverschwommen in das mütterlich unduldsame
und irgendwo blöde Gesicht der Richterin Salesch, die in dem
mit leeren Hochzeitssuppen- und Raviolidosen vollgestellten

Fernsehapparat auf Piets Küchentisch eingesperrt ist und über seinen Zustand ungehalten zu sein scheint. Dieser versucht das rechte Auge zu öffnen, während er sich die vierte und wichtigste Frage stellt: Wo ist er gewesen, gestern Abend zwischen acht und Mitternacht? Das Auge lässt sich nicht öffnen, scheint von etwas Semikonsistentem umgeben zu sein, das es aber angenehm kühlt, weshalb Piet sich dazu entschließt, vorerst darin liegen zu bleiben. Oft schon hat Piet sich darüber gewundert, weshalb das menschliche Bewusstsein, also auch seines, sich mit jeder x-beliebigen Situation immer gleich dezidiert auseinander setzen muss. Warum es nicht einfach mal die Stille genießen und die Klappe halten kann.

»Was hat mich aufgeweckt?«, fragt es in Piet, der sich mit dieser fünften Frage unnötig unter Druck gesetzt fühlt, zumal er die erste ja noch gar nicht beantwortet hat. Die tranige Fernsehrichterin Barbara Salesch kann es nicht gewesen sein, denn die ist auf *lautlos* gestellt. Das allerdings lässt durchaus Rückschlüsse auf Piets Zustand zu und teilweise auch auf seine aktuellen Blutwerte. Denn Piet weiß, dass er nur dann ohne Ton fernsieht, wenn die Stimmen in seinem Kopf sich derart vermehrt haben, dass sie für drei Kinofilme reichen. Bevor es erneut klingelt, werden sich Piet und sein Bewusstsein recht schnell darüber einig, dass die korrekte Antwort auf Frage zwei lauten muss: »In meiner Küche.« Die Richterin Salesch steht auf und verlässt den Saal. Dann klingelt es, wie gesagt, zum zweiten Mal, womit auch die fünfte Frage beantwortet ist, und Piet hebt den Kopf aus der Soße, in der er so bequem gelegen hat.

Aha, Leberwurst also, auf einem Leberwurstbrot hat er gelegen.

Während es zum dritten Mal klingelt, steht Piet im Bad und pinkelt wohl überlegt in die Badewanne. Beim vierten Klingeln wäscht er sich das Gesicht mit kaltem Wasser. Da ist aber jemand hartnäckig, denkt Piet und geht zur Wohnungstür, um nachzuschauen. Im Flur, direkt vor der Haustür, liegt in Schuhen und Mantel Grutza, Piets Kumpel aus alten Schülertagen, seinen Kopf auf einen Stapel leerer Pizzapackungen gebettet. Freundschaftliche Fürsorge, wie sie in ländlichen Gegenden durchaus noch üblich ist, lässt Piet für einen Moment innehalten und so lange warten, bis er eine leichte Auf- und Abbewegung am Brustkorb seines Gastes bemerkt.

»Lebt noch«, stellt Piet fest, schiebt des Schlafenden Beine etwas beiseite und öffnet die Tür seines kleinen windschiefen Hauses. Kalte, feuchte Luft schießt ihm ins Gesicht, in Augen und Nase und unter sein schlabbernd schmutziges Hemd. Nasser Nachmittagsnieselregen hängt über den Obstbaumplantagen des Alten Landes, unweit der Elbe, nahe bei Hamburg.

Auf dem schmalen, sumpfigen Feldweg, der zu Piets Schuppen führt, steht ein schwarzer, einigermaßen schief in seinen flauen Stoßdämpfern hängender Lieferwagen unbekannten Fabrikats. Unter dessen Kühlerhaube hervor dampft es mächtig und der Fahrer hat, obwohl er ausgestiegen ist und jetzt vor Piet im Regen steht, die altersschwachen Scheibenwischer eingeschaltet gelassen.

»Vielleicht lassen sie sich gar nicht ausschalten«, denkt Piet, »ist in der Ecke hier ja auch nicht nötig.«

Der Mann sieht ein bisschen wie Gregor Gysi aus, klein, zappelig und, wie Piets Mutter gesagt hätte, *verhutzelt*. Unter seinem langen, schwarzen Regenmantel verbirgt der kleine Mann irgend etwas Großes, Längliches, das Piets Bewusstsein Anlass für eine ganze Reihe bohrender Fragen bietet, die Piet aber ignoriert. Sein Unterbewusstsein träumt halbwach von einem großen Glas Wasser, in dem sich sprudelnd drei Aspirin plus C auflösen. Piets gesamter Körper stimmt in diesen Traum mit ein und schmatzt und schluckt, während der kleine Mann mit dem schwarzen Mantel und dem länglichen Gegenstand darunter eine ungewöhnliche Frage stellt.

»Ist Herr Grutza da?«

»Ja klar, der liegt hier, kommen Sie ruhig rein!«, will Piets von dem ganzen Trubel wach gerütteltes Unterbewusstsein ausrufen, doch da wird es grob von Piets Bewusstsein zurückgestoßen: »Moment mal, bevor wir hier irgend jemanden in unsere Wohnung lassen, sollten wir doch wissen, wer er ist, was er will und was er um Himmels willen da unter seinem Mantel hat.«

»Ist doch egal!«, patzt Piets Unterbewusstsein zurück. »Was geht das uns an, das ist schließlich Grutzas Problem. Lasst diesen komischen Typen doch einfach rein und wir genehmigen uns unterdessen in der Küche ein riesiges Glas Schmerzmittel.«

»Darf ich daran erinnern, dass Grutza zu unserem engsten Freundeskreis gehört, welcher seinerseits bis zur Einsamkeit ausdünnen würde, falls wir Grutza verlören; und darf ich dich, mein liebes Unterbewusstsein, daran erinnern, dass ausgerechnet du es warst, der wollte, dass Grutza aus Berlin hierher kommt, um uns zu besuchen, und dass ausgerechnet du extrem emotional reagiertest, als er gestern Nachmittag hier vor der Tür stand?«

»Jaja.«

»Und schließlich möchte ich dich noch daran erinnern, dass du es warst, der uns gestern Abend dazu nötigte, ein Herrengedeck nach dem anderen zu bestellen und der wie besessen *Einer geht noch, einer geht noch rein!* gebrüllt hat?«

»Hallo?«, fragt jetzt der Mann, der aussieht wie Gregor Gysi und mit seiner Hand vor Piets leeren Augen herumfuchtelt. »Ich möchte gern zu Herrn Grutza.«

Der Regen wird stärker, wird zum Prasseln, trommelt laut auf das Dach des maroden Lieferwagens. Aus dem Trampelpfad zu Piets Haustür wird ein kleines Bächlein, das direkt vor dem Haus in kürzester Zeit einen beachtlichen Stausee auffüllt, genau dort, wo gereizt und – wie Piets Oma sagen würde – *muksch* der kleine Mann steht. Piet bewegt sich nicht, seine geröteten Augen blicken leer auf die schwarze Fläche des Lieferwagens, sein Mund steht halb offen, ein Rest rötlicher Leberwurst klebt in seinen Haaren. Zeit vergeht.

Aus dem Regen wird Schnee.

Der kleine Mann vor Piets Haustür steht inzwischen bis zu den Knien im Wasser. Dann flucht er, macht eine wegwerfende Handbewegung, die wegen seiner kurzen Arme ziemlich lustig aussieht, dreht sich um und murmelt etwas wie: »Verdammter Scheißjob ist das«, patscht kindlich durch das Wasser und brummt »komme später noch mal wieder.«

Piet steht noch ein paar Minuten in seiner Tür, zwinkert dann einmal, geht zurück in die Küche, füllt ein Halbliter-Bierglas mit Leitungswasser und wirft ein paar Aspirin hinein. Freudestrahlend entdeckt er noch ein paar Röhrchen mit Magnesium-, Calcium- und Multivitamintabletten, die er wie ein fanatischer Chemielehrer kurzerhand ebenfalls in das Bierglas entleert. Gelber Schaum steigt dampfend auf und Piet spürt, dass er sich setzen muss.

Im Fernsehen hockt jetzt Alexander Hold am Richtertisch und Piet schaltet um zuzuhören das Radio ein. In Lautstärke und Tonhöhe einer abstürzenden amerikanischen Bomberstaffel quäkt die Stimme eines pubertierenden Jungmoderators aus dem übersteuerten Lautsprecher und Piet wirft sich reaktionsschnell zu Boden. Von den Turbulenzen ganz hin- und mitgerissen legt sich nun auch das Bierglas mit den Schmerzmitteln nieder und der zischende Cocktail ergießt sich in den Fernseher, wo der für Frau Salesch eingewechselte Jungrichter ohnmächtig zusammenbricht.

Piets Be- und Unterbewusstsein brüllen zusammen: »Ausschalten! Ausschalten!«, in epileptischen Zuckungen windet Piet sich am Boden und versucht, mit dem ausgestreckten Arm an den Stecker des Radios zu kommen; er versucht es auf allen vieren und knallt mit seinem aufgestellten Hinterteil schmerzhaft gegen die Kante des Tisches, der mit Bierglas und Leberwurstbrot zurück schießt.

Währenddessen brüllt Lasse Lässig, der Moderator eines der Hamburger Bekloppten-Sender sein geistesgestörtes Fazit der ersten Frostnacht dieses Winters: »Ja genau, Corinna, denn auch der Tod war heute Nacht und auch heute Morgen noch on the road und hat insgesamt drei Leute mitgenommen.«

Mit schmerzverzerrtem Gesicht versucht Piet aufzustehen, tritt dabei, während seine Rechte auf dem Leberwurstbrot von dannen gleitet und sein Hals sich im Kabel des Fernsehers verfängt, mit der linken Hand in eine Scherbe des auf dem Küchenboden zerschmetterten Bierglases. Schließlich stürzt in übertriebenem Geltungsbedürfnis der ganze Gerichtssaal auf Piet Fröhlich nieder.

Als er sich kraftlos, blut- und wurstverschmiert an der Kante des Küchentisches emporzieht, entdeckt Piet Grutza, der blass, verquollen und mit dem Namen eines Pizza-Bringdienstes auf der Wange vor ihm steht. Wie ein Baby hält er das inzwischen verstummte Radio in seinen Armen und starrt ausdruckslos auf Piet Fröhlichs demoliertes Gesicht.

»Ey, weißt du, was?«, stöhnt dieser, »es sieht vielleicht im Moment nich danach aus, aber ich hab dir vorhin das Leben gerettet, Mann.«